권순자 수필집

사랑해요 고등어 씨

사랑해요 고등어 씨

작가의 말

여의도에서 길을 잃었다. 바람결 따라 샛강으로 흘러갔다. 낯선 문이 열리고 복숭아보다 달콤한 향기가 강렬하게 다가왔다. 문 안으로 들어서니 수필의 묵향이 안개처럼 자욱하여 그 향기에 취해 시간의 흐름을 잊었다. 목련꽃 하얗게 흐드러지고 벚꽃이 노란 개나리와 봄볕을 다투는 정경도 스쳐 지났다. 수박이 제 붉은 마음 무르익어 태양 아래 현기증 앓는 줄도 몰랐다. 밤송이가 속을 열어 알밤을 우박처럼 터뜨리는 가을이 산속에 홀로 물들어 가도록 샛강 도원에서 나는 수필을 쓰고 또 쓰며 머리가 맑아져 갔다.

실타래처럼 얽히고설킨 지나온 길이 기억의 지붕 아래 잠자는 듯 말없이 묻혀있었다. 다람쥐가 나무 밑에 도토리 숨겨둔 장소를 잊어버리고 주변을 작은 발로 이리저리 파헤치다가 자신의 귀한 식량 한 톨 찾아내듯이 나는 기억이 묻힌 비밀의 세계에서 더듬거리며 때 묻은 기억을 한 올씩 건져냈다. 운 좋게 흙 묻은 도토리 하나 건져내는 다람쥐처럼 모자란 글을 주워들고 기분이 좋았다. 세월에 바래지고 녹슨 부분도 차라리 애처롭고 예뻤다. 그렇게 나는 샛강 도원에서 바람에 춤추는 수양버들을 보며 나이도 잊었다. 버들 옆에 수필나무 하나 심었다.

2019년 늦가을

권순자

목차

2부 파랑, 까마귀와 바닷새

3부 주홍, 꽃밥

4부 노랑, 아버지의 자전거

1부

초록, 화장하는 여자

세 살 적 버릇 평생 간다

엘리베이터에 개가 탔다. 나는 큰 개의 덩치에 놀라 흠칫하고는 뒷걸음질 쳤다.

"개 목줄 좀 짧게 잡으세요."

명령인지 부탁인지 모를 짧고 낮은 센 소리가 입 밖으로 튀어나왔다. 여자는 살짝 웃으며 목줄을 당겨 개가 나로부터 멀어지게 도와주었다.

요즘에는 반려동물로 개를 키우는 사람이 많다. 공원을 마음 놓고 산책하다가 길 가던 개가 나에게로 접근하는 경우를 자주 만난다. 대개 산책시키려고 주인이 데리고 나온 개들이 돌아다닌다. 분리된 목줄을 주인이 손에 든 채 개를 따라오거나 옆 사람과 대화중이다. 나는 비실비실 개와 멀어지려고 길 반대편으로 걷는다. 눈치 빠른 주인들은 얼른 개를 끌어안거나 자기 쪽으로 개를 불러들인다.

개의 덩치에 상관없이 개가 크게 짖거나 따라오면 기겁을 하고 나도 모르게 비명에 가까운 소리를 지른다. 소리치면 안 된다는 주의를 들은 후부터는 입술을 지그시 깨물고 숨조차 죽인다. 개를 지나치고 나서야 큰 숨을 내쉰다. 내가 개를 무서워할 때 수탉에게 공격당하던 어릴 때의 기억이 가끔 떠오른다.

서너 살 때쯤이었다. 친척집에 어머니는 나를 데리고 갔다. 그 동네는 같은 씨족이 모여 사는 동네였다. 어머니는 친척아주머니와 마루에 걸터앉아 얘기 중이었다. 따스한 햇살이 환한 마당에 나는 이리저리 걸어 다니며 놀고 있었다.

어느 순간 내 키만 한 수탉이 나에게로 소리 지르며 달려왔다. 날개를 퍼덕거리며 꼬꼬댁 소리를 질러댔다. 머리에 빨간 것을 달고 까만 눈을 가진 그 대상이 신기했다. 나는 빨간 닭 머리(수탉 벼슬, 수탉 볏)를 만져보려고 조막손을 내밀었다. 내 손이 빨간 물체에 닿기도 전에 내 눈과 높이가 비슷하던 닭 눈은 자신을 공격하는 것으로 알아챘는지 곧바로 부리로 내 눈을 쪼려고 소리치며 덤벼들었다.

수탉이 공격하는 바람에 깜짝 놀라서 나는 울음을 터뜨렸다. 어머니가 큰소리로 닭을 쫓으며 달려와 나를 안아

올렸다. 나는 그 순간의 상황이 사진처럼 내 머릿속에 새겨진 것을 나중에 깨달았다. 내 눈 앞에서 수탉의 노란빛(기억)이 도는 부리가 내 눈과 얼굴을 거의 쫄 지경에까지 덤비던 모습과 쉴 새 없이 울어대던 엄청난 소리가 동영상의 정지된 화면처럼 뇌리에 새겨졌다.

어느 날 동생 집을 방문했을 때였다. 동생이 외출하면서 부탁을 했다. 개를 산책시키고 끼니 때 먹이를 주라고 말했다. 나는 기겁을 하며 한사코 거절했다. 동생은 개를 맡길 곳을 알아보았으나 당장 맡아줄 곳이 없다고 말하면서 하루만 봐달라고 신신당부했다. 동생의 간곡한 부탁을 물리치지 못하고 마지못해 고개를 끄덕였다.

몸집이 작은 개는 얌전히 앉아서 나를 쳐다보았다. 나

는 거실 낮은 소파에 앉아서 텔레비전을 보며 여전히 움츠린 채로 곁눈으로 개를 훔쳐보았다. 개도 내 눈치를 보는지 가만히 앉아 있거나 가끔씩 '끙' 소리를 냈다. 계속 내 발 근처에서 몸을 움직이곤 했지만 일어서거나 하지는 않았다. 말 못하는 짐승이 어쩐지 측은하다는 생각이 들었다. 손가락 하나만 뻗쳐서 잔등을 살며시 만져보았다. 개는 눈을 들었으나 움직이지 않았다. 내 눈치를 살피는 영리하고 작은 개를 보고 조금은 안심이 되었다. 이번에는 손을 펴서 손바닥으로 등을 가만히 아주 잠깐 만져보았다. 털의 느낌은 보드랍고 따스했다. 그래도 겁이 나서 손을 뗐다. 한편으로 보드란 털 느낌과 가만히 조는 듯 내 곁에서 얌전히 머무는 개가 궁금해졌다. 내가 일어나서 부엌이나 서재로 움직이니 개도 내 근처를 천천히 걸었다.

점심때가 되어 먹이를 주었다. 그다지 먹지 않고 거실로 돌아왔다. 오후가 되자 햇살이 따사로웠다. 동생의 부탁대로 개의 목줄을 찾아 연결하고 개를 데리고 산책을 나갔다. 손에는 배변을 담을 비닐봉지와 집게를 들었다. 근처 숲길에는 산책하는 사람이 별로 눈에 띄지 않았다. 개가 발을 멈추면 나도 멈추고 이리 기웃 저리 기웃하면 조심스레 따라갔다. 함께 걸어가니 작은 개의 순한 몸짓에 조금씩 맘이 열림을 느꼈다. 나를 괴롭히던 불안하고 두려운 마음이 조금씩 가셔져 갔다. 개를 보면 지레 겁부터 먹던 나의 마음에 용기가 서서히 일어남을 느꼈다.

저녁에 동네 엘리베이터에 들어서니 젊은 두 여자가 눈에 들어왔다. 여자 옆 바닥에 작은 개가 서서 나를 올려다보았다. 귀를 쫑긋 세우고 나를 가만히 쳐다보는 개가 은근히 귀엽게 보였다. 가만히 서있는 개는 덜 무서웠다.

"개의 귀가 잘 생겼어요."

"그래요? 감사합니다."

여전히 개는 초롱한 눈빛으로 가만히 서있었다. 그들에게 인사하고 엘리베이터를 나왔다.

한껏 부풀어 오른 풍선의 바람처럼 오랜 시간 동안 내 마음 속에 남모를 불안과 두려움이 숨어서 나를 긴장시켜 왔다. 이제는 두려움의 바람이 조금씩 빠져나가는 느낌이 들었다. 오랜 시간 동안 두려움에 움츠러들었던 기억이 좌악 기지개를 켜는 것 같았다. 기억 속에서 사나운 짐승의 공격을 두려워하던 짓눌린 마음이 벚꽃처럼 밝고 화사하게 피어나고 있었다.

물벼락

이웃 동네 길을 걸어가다가 물벼락을 맞았다. 깜짝 놀라 뒤돌아보니 중년 아주머니가 놀라고 미안한 표정으로 서 있었다.

"미안합니다. 화분 화초에 물을 주느라 그랬어요. 많이 안 젖었지요?"

아주머니 오른손에는 엷은 청색 물바가지가 쥐어져 있었다. 아주머니가 꽃나무 심은 화분에 물바가지로 물을 획 뿌리다가 내 바지 오른쪽 종아리 부분에 제대로 물을 맞힌 것이다. 오른쪽 운동화도 젖었다. 편안하게 걸어가는 길에 느닷없는 물벼락이 반가울 수만은 없었다. 차가운 물이 몸에 별안간 쏟아진 터라 자동적으로 몸이 움찔 놀랐고, 옷과 신발이 젖은 불쾌함과 짜증이 순간적으로 일었다. 아주머니도 어쩔 줄을 몰라 하고 있었다. 한마디 쏘아붙이고 싶었지만 아주머니가 몹시 미안해하는 기색에 나도 맘을 가라앉히고 그녀를 바라보았다.

아주머니 앞에는 꽃나무를 심은 화분들이 줄지어 있었다. 그중에 화분 두 개는 나지막한 돌담 위에 올려져 있었다. 길 가 쪽 화분 두 개에는 갓 심어놓은 모종이 물을 잔뜩 이고 잔바람에 흔들리고 있었다.

"오늘도 화분에 화초를 심었지요."

웃으며 미안해하는 아주머니에게 화를 낼 수 없었다. "꽃도 사랑하고 저도 사랑해주세요." 라고 말하며 내가 살짝 웃어주었다. "네, 꽃도 사랑하고 언니도 사랑해요." 그녀가 미안해하며 대답했다.

물벼락을 맞고 나니 오래전 기억이 떠올랐다. 초여름 비 오는 날 아침 출근길이었다. 하늘거리는 초록색 블라우스와 초록색 치마를 곱게 입고 우산을 받치고 조심스럽게 길을 걷고 있었다. 비가 제법 와서 좁은 도로에는 빗물이 흘렀다. 군데군데 물웅덩이도 있었다. 지나가는 자동차들도 조심스럽게 지나가곤 했다. 그런데 택시 한 대가 속도를 줄이지 않고 길을 지나가는 사람은 안중에도 없이 획 지나갔다. 그 순간, 흙탕물 세례를 내게 퍼부었다. 흙탕물이 튄 옷의 상태는 심했다. 잠자리 날개처럼 부드럽고 하늘거리던 블라우스 칼라와 연초록빛 바탕에 진초록빛으로 예쁜 꽃무늬가 수놓아져 있는 블라우스는 흙탕물이 튀어서 얼룩덜룩해져 볼썽사나워져버렸다. 초록빛 플레어스커트는 불규칙한 진흙 얼룩무늬로 잔뜩 그려져서 볼품없는 치마로 변해버렸다. 바쁜 아침 출근 시간인데 시간이 촉박해서 맘이 급했고 고운 옷이 망가져 속상했다. 참으로 난감한 순간이었다. '뭐 저런 사람이 있어? 출근 시간에 혼자 바쁜가?' 택시 꽁무니에 대고 소리 나게 중얼거렸다.

내 속사정은 아랑곳없이 택시는 좁은 길을 빠져나가 저만치 멀어졌고 큰 도로에 진입해서는 아예 시야에서 사라져버렸다. 약간 차분해진 상태로 돌아오자 나는 흙탕물범벅 상태가 된 옷을 다시 한 번 자세히 살펴보았다. 황당하고 어이없었지만 문제를 해결해야만 했다. 그 상태로는 출근하기에는 무리였다. 고민을 해보았지만 옷을 갈아입는 방법밖에 없었다. 속으로 그 택시기사를 향해 불평을 하고는 급히 집으로 돌아가서 옷을 갈아입었다.

사람과 차가 다니는 좁은 그 도로는 바닥에 흙이 패어서 울퉁불퉁한 곳이 많았다. 비가 제법 오는 날에는 움푹 들어간 곳마다 물이 고여 물웅덩이로 변해버렸다. 그럼에도 불구하고 바쁜 아침 출근길 택시는 웅덩이가 여럿 있는 좁은 도로를 무심코 지나갔다.

흙탕물 물벼락은 그 후로 비 오는 날이면 생각나곤 해서 아주 작은 물웅덩이도 피해 다니며 조심하는 버릇이 생겼다.

흙탕물 물벼락에 혼쭐이 난 기억이 있지만 뜻밖의 물벼락에 즐거웠던 기억도 있다. 중학생 때 교복을 입고 친구들과 동물원에 구경 갔을 때였다. 동물원 안을 이리저리 구경하다가 코끼리 울타리 근처에 갔다. 처음 보는 코끼리는 몸집이 거대해서 신기했다. 코가 정말 길었고 귀가 커다란 나뭇잎사귀처럼 펄럭거렸다. 코끼리 피부는 지저분했지만 몸집이 큰 동물이 피부가 두꺼워서 그럴 것이라고 생각했다. 자주 보던 소의 피부와 달랐다. 나는 코끼리 앞에서 코끼리 모습을 찬찬히 즐거운 마음으로 살펴보며 서성거렸다. 그러다가 잠시 고개를 돌리는 순간 뭔가가 확 내 몸에 쏟아졌다.

"?"

물세례였다. 코끼리가 물을 코로 머금었다가 나를 향해서 훅 뿜어버린 것이다. 나는 놀랐고, 다음 순간 깔깔거렸다. 옆에 있던 친구들도 깔깔거렸다. 배가 아프도록 웃었다. 교복 블라우스가 젖고 치마가 젖었는데도 코끼리가 물 뿜어댄 사실이 순간적으로 일어난 일이라 놀라기도 했지만 특이한 경험이 유쾌해서 한참동안 웃었다. 주변에 사람들이 몇 명 있었지만 별로 신경 쓰이지 않았다. 나는 코끼리와의 첫 대면이 깜짝 놀랄만한 유쾌한 물벼락으로 시작된 것이 재밌었다.

꽃을 가꾸는 아주머니가 내게 퍼부은 물벼락으로 인해서 나는 오랜 만에 어린 시절 코끼리 물벼락 맞던 일이 생각나서 잠시 즐거운 추억에 잠겼다. 코끼리 물벼락 이후 나는 코끼리 그림만 봐도 그 물벼락 일이 떠오르고 아이를 키우면서 동물원에 가서 코끼리를 볼 때마다, 텔레비전이나 영화로 코끼리가 등장하는 장면에서도, 코끼리 물세례가 떠올라 혼자 속으로 슬며시 웃곤 했다.

기분 좋은 추억은 나이가 들어서도 시간을 거슬러 즐거운 그 시절로 나를 데려가, 잠시 풍덩 물세례를 준다.

살다보면 물웅덩이를 만나기도 하고 탄탄대로를 걷기도 한다. 때로는 화사한 꽃들이 만발한 들판을 지나가기도 한다. 비바람 소용돌이치는 거친 벌판을 거쳐 가기도 한다. 가시덤불에 몸이 찔리고 긁히고 온종일 물 한 모금 구경 못하는 산길을 외로이 가기도 한다.

곰곰이 지난날을 되새겨보면 기분 좋은 추억 하나쯤 기억의 갈피 속에 숨어 있다. 기억의 어느 틈새에 붙어 있다가 문득 꿈결처럼 추억의 물세례가 쏟아지리라. 갈증이 증폭되는 순간에 맛보는 샘물처럼 목마른 시간을 잠시 적셔 주리라.

두고 온 맹꽁이사과

영주 부석사를 둘러보고 내려오는 길에 사과를 만났다. 때는 팔월 초라 초록사과(아오리)가 나오는 계절이었다. 길을 따라서 양 옆으로 사과나무가 즐비한 과수원들이 이어지고 있었다.

길 가에는 농사지어 나온 아낙네들이 사과, 자두, 천도복숭아, 말린 나물 등을 내놓고 팔고 있었다. 햇볕에 그을린 아낙들의 모습은 인간의 노동이 얼마나 신성한 것인지 보여주는 표본이었다. 농사로 단단해진 팔뚝도 햇살에 그을려 갈색 피부였다. 그 어떤 피부보다도 아름다운 건강한 모습이었다.

갈색 피부에 웃음 띤 얼굴은 맘씨 좋은 부처의 얼굴을 닮아 있었다. 아낙 앞에 놓은 천도복숭아 과일들처럼 그의 얼굴은 더위에 달아올라 붉은 빛이었다.

아낙들의 과일들을 천천히 지나가며 과일을 구경했다. 그러다가 어떤 과일 앞에 멈추었다. 그 아낙은 초록사과 옆에 붉은색과 초록색이 섞인 사과도 진열해 놓고 있었다.

"이거 맛보실라우. 사과 맛이 좋을 거요. 맛보시고 좀 사시오."

맛보기로 잘라준 그 사과의 맛은 새콤하고 단맛이 섞여 새로운 맛이었다. 사과육질이 연하면서 사각사각 씹히는 맛이 있었다.

"이 사과 이름이 뭐에요?"

"그건 맹꽁이사과라고 하우. 신품종이라우."

맹꽁이사과? 이름이 특이하고 재밌었다.

홍옥과 비슷한 맛이 나는듯하면서도 홍옥보다 달고 아삭한 맛이 와 닿았다. 굵기도 더 굵었다. 더구나 홍옥이 나오려면 아직 시절이 멀었다. 그 사과를 오천어치 샀다. 굵은 사과알이 여섯 개였다. 수돗물을 찾아서 물에 사과를 하나하나 손으로 비벼가며 먼지를 씻어냈다. 버스 안에서 먹고 싶어졌기 때문이었다. 깨끗이 씻은 사과를 봉지에 담아서 기분 좋게 버스에 올랐다.

맹꽁이 하나를 베어 물었다. 옆에 앉은 친구도 두어 입 베어 먹었다. 다른 친구에게 먹어보라고 한 알을 주고 나머지 네 개는 다음 날 아침에 먹기로 하고 남겨두었다. 숙소에 들렀을 때 사과의 싱싱함을 유지하려고 냉장고에 보관했다.

이튿날 이른 아침에 산책을 하고 여유를 부렸다. 그러다가 아침식사를 끝내고는 서둘러 숙소를 빠져나왔다. 버스에 올라 친구랑 이런 저런 얘기를 하며 상쾌한 아침 공기를 만끽했다. 그런데 버스가 출발하고 나서야 사과를 두고 온 게 생각이 났다.

숙소 냉장고에 고이 보관해 둔 사과는 아직도 나를 기다리고 있을까. 사과를 미처 기억해내지 못하고 떠나와 버려서 아쉬움이 커져갔다. 두고 온 사과라서 더 애착이 가고 말았다.

친구들은 맛있는 사과를 두고 떠나온 것에 대해 미련이

남아 서운한 마음에 여러 차례 맹꽁이 타령을 했다. 친구들이 맛있는 사과의 이름을 부를 때마다 내 입안에 침이 고이고 그리움도 아쉬움도 더해 갔다. 그 사과는 점점 못 잊을 사과로 변해갔다. 생각 속에서 맹꽁이는 더욱 더 맛있는 사과로 탈바꿈 되어 갔다. 두고 온 맹꽁이는 직접 챙겨오지 못한 실수로 인해서 더욱 그리운 사과로 자리매김하게 되었다. 그 사과는 내가 놓친 멋진 애인처럼 아까운 생각을 증식시켰다.

해질 무렵에 친구와 놀다가 놓쳐버린 예쁜 구슬처럼 자꾸 맹꽁이 생각이 났다. 해가 져서 어두운 골목길에 멀리서 어머니 부르는 소리 들리는데 놓쳐버린 예쁜 색깔의 구슬은 아무리 찾아도 보이지 않았다. 그 구슬은 흙 속에 묻혔는지 보이지 않는 보물이 되어서 어린 내 가슴을 애태웠다. 그때처럼 애가 닳았다.

사실 세상을 살면서 작은 일에도 애달아본 적이 어디 한 두 번이던가. 소중한 것들이 내 곁을 스치고 지나가버리면 그것은 더욱 소중하게 여겨져서 한 동안 그 생각에 잠겨보게 되는 것이다.

살아오면서 두고 온 것이 사과만 있을까. 놓고 온 것들이 얼마나 많을까. 살아가면서 잃어버린 것, 잃어버리고 나서 얻게 되는 것이 얼마나 많을까. 두고 오는 것 특히 기차를 타고 가다가 기차에 물건을 두고 그냥 내린 적이 여러 번 있었다. 기차에 두고 내린 것 중에는 모자도 있고 이불도 있었다. 어느 날 새로 산 이불을 큰 가방에 잘 접어 넣고 기차에 올랐다. 기차 선반에 올려놓고 무사히 도착지까지 가서는 서둘러 내려버렸다. 이불가방에 대한 아무런 생각도 없이 뒤도 돌아보지 않고 내렸다. 하루가 지나고서야 두고 온 이불 기억이 났다. 기차역에 몇 번 전화를 해보았지만 끝내 이불을 찾지 못했다.

기차는 인생과 같다. 한번 떠나면 그 시간은 되돌아오지 않는다. 거꾸로 다시 찾아갈 수 있다면 그 기차의 내 자리에 앉아서 머리 위 선반에 올려놓은 이불을 다시 볼 수 있을까. 중간 기차역에서 옆에 앉았던 사람이 내리고 옆자리 빈자리는 돌아올 수 없는 빈자리가 된다. 만약 전 역으로 다시 돌아가면 옆자리에 앉았던 사람을 만날 수 있을까. 전 역의 사람을 다시 전 역에서 만날 수 있을까.

정든 사람이나 물건이 지나가면 못 만나서 아쉽고 돌아가지 못해 더 절절하다. 사소한 것이라도 이리도 애타는 것은 돌아갈 수 없는 시간대에 그것을 두고 왔기 때문일 것이다.

내 삶에서도 두고 온 것이 없나 생각해보면 돌아갈 수 없기 때문에 더 아쉽고 안타깝다. 내 인생에서 다시는 마주칠 수 없는 그 무엇, 두고 온 것이 또 뭐가 있을까.

두고 온 맹꽁이사과도 마찬가지이다. 맹꽁이사과뿐만 아니라 내 마음까지도 두고 와서 애가 타는 것이다. 내 마음은 잘 챙기고 물건만 두고 왔다면 크게 안타깝지는 않을 것이다. 사과를 먹고 싶은 갈증이 있다면 다른 사과를 먹어도 될 것이다. 그런데 문제는 마음도 거기 사과 곁에 두고 와서인 것이다.

내 인생에서 전부를 걸어도 아깝지 않은 것, 선택 상황에서 다 버리고도 한 가지만 선택해야 하는 경우가 있다. 포기해야 하는 것들이 있을 때 물건과 함께 마음도 같이 버려야 하는 것이다.

지하철 거치대

지하철에 탔다.

이른 아침인데도 5호선 지하철 안은 사람들이 붐볐다. 빈자리를 찾으려고 두리번거리다가 양쪽에 긴 의자가 있어야할 자리에 즐비하게 설치된 거치대를 보았다. 늘 타고 다니던 지하철이 전혀 낯선 풍경으로 다가왔다. 새로운 구조가 생경한 느낌이라 인상 깊었다. 달라진 승객 칸을 바라보고 있으니 머릿속에 거치대의 용도에 대해 궁금증이 일었다.

자전거 거치대일지도 모른다. 하지만 출근하는 사람들과 등교하는 학생들이 밀려드는 혼잡한 평일 아침에는 전철에 자전거를 놓기에는 자전거사용자나 일반승객이 크게 불편할 것 같았다. 요즈음 휠체어 타는 사람들이 전철을 자주 이용하니까 그들을 위한 편의를 제공하는 시설일지도 모른다. 그런 생각을 하는 순간 가슴 한편이 따스해져왔다. 늦었지만 이제라도 휠체어 고정하기 좋게 거치대를 설치한 칸이 생겨서 다행이라는 생각이 들었다. 세금이 이런 곳에 쓰였다는 게 흐뭇했다. 복잡한 출근시간대에 함께 지하철을 이용해야 하는 휠체어사용 시민은 그나마 덜 혼잡한 전용칸을 이용한다면 한결 힘이 덜 들 것이다.

문득 몇 년 전에 목격한 휠체어사용자를 떠올렸다. 그때 미국 오리곤 유진에 잠시 거주했다. 유진 중앙도서관 앞 버스 터미널에서 버스를 기다리는 중이었다. 기다리는 사람들의 줄이 제법 길었다. 드디어 내가 탈 버스가 도착했다. 그런데 줄지어 선 사람들이 움직이지 않았다. 나는 의아해하면서 평소 습관대로 얼른 버스에 올랐다. 버스 안 좌석에 앉고 나서야 사태를 파악했다. 내가 미처 못 본 휠체어 탄 사람이 휠체어를 탄 채로 버스에 오르고 운전기사가 그의 휠체어를 잡고 도와주고 있었다. 내 얼굴이 달아오르는 느낌이 들었다. 주로 자가용 운전을 하던 사람들 곁에 지내다 보니 그런 안내를 미처 받지 못했던 것이다. 운전기사는 미리 접이식 의자를 버스 벽 쪽으로 접어 올려놓고 휠체어 손님을 태운 뒤 바로 휠체어를 바닥과 거치대에 고정시켰다. 그리고 나서야 길게 줄지어 섰던 손님들이 순서대로 버스에 올랐다.

내가 살던 곳까지 버스는 20분 이상 달렸다. 그 사이 정류소마다 버스가 정차했는데 어느 순간 앞좌석 세 줄에 앉아있던 손님들 대여섯 명이 벌떡 일어서는 것을 보았다. 이상하다고 눈치 채는 순간 방금 승차한 사람이 나이가 좀 들어 보이는데다가 짐을 든 상태였다. 그를 위해서 앞좌석 손님들은 질서 있게 2칸 씩 뒷좌석으로 동시에 이동해 앉았다. 나는 놀랍고 부럽고 부끄러웠다.

그러던 어느 날 집 앞에서 버스를 타고 도서관에 갔다. 내릴 때 살펴보니 먼저 일반 손님을 내리게 한 후 운전기사는 휠체어손님의 고정된 휠체어를 풀어서 천천히 버스 밖으로 내려주었다. 그러자 밖에 기다리던 복지사가 달려와 버스기사에게 인사하고 휠체어를 밀어주며 휠체어주인과 말을 주고받았다. 복지사도 내가 보기에 그다지 몸이 성해보이지 않았다. 좀 덜 불편한 사람이 보다 불편한 사람을 도와주는 시스템이 연결되었다.

편리한 지하철을 이용하다가 가끔씩 수많은 계단만 있는 지하철역을 이용할 때는 휠체어사용자나 다리가 불편한 사람들이 이런 지하철역 이용은 어렵겠다는 생각이 들 때가 더러 있었다.

돌아오는 길에 역무원에게 거치대의 용도에 대해 물어보았다. 자전거 거치대가 맞기도 하지만 평일에는 접이식 자전거만 허용되고 주말에는 일반자전거도 허용된다고 안

내해주었다. 동시에 휠체어사용자들이 탑승 후 편하게 사용할 수 있도록 설치된 것이기도 하다고 말했다.

바쁘고 혼잡한 대도시의 생활에서 지하철은 참으로 유용하다. 신체 건강 여부 관계없이 함께 사용하는 지하철이 보다 쾌적하게 변화되고 있어서 기쁘다.

몸이 불편한 사람뿐만 아니라 마음이 불편한 사람에게도 거치대가 필요하다. 삶이 송두리째 흔들릴 때 진정한 거치대가 곁에 있다면 일단은 숨을 돌릴 수 있을 것이다.

지하철 거치대 같은 사람이 내 주변에도 있는가. 나의 삶이 흔들릴 때 내가 잡을 거치대가 내 주변에 있는가. 나의 거치대는 무엇인가.

어린 시절 나의 거치대는 부모님이었다. 사춘기 방황하던 시절, 꿋꿋이 어려운 살림살이를 지켜나가던 아버지의 어깨와 등, 어머니의 환한 미소는 단단한 거치대였다. 나를 위로하던 친구도 거치대가 되어주었다. 어른이 되어서는 자식이 거치대였다. 흔들릴 때 아이를 잡으면 흔들리지 않았다. 아이의 눈망울과 무한한 신뢰가 거치대였다. 신뢰와 관심은 누구에게나 따뜻한 거치대가 될 것이었다.

화장하는 여자

그녀는 화장하느라 분주했다. 지하철 안 다른 손님들의 눈길 따위 안중에 없었다. 작은 화장품 가방에서 하나씩 차례로 꺼내어 얼굴에 파운데이션을 바르고 아이섀도를 그렸다. 눈썹을 손질하고 입술에 립스틱을 발랐다. 일련의 동작이 빠르고 안정되어 실수 없이 진행되었다. 바쁜 아침에 출근시간에 쫓기느라 미처 마치지 못한 색조화장을 하느라 지하철에 앉아서 긴 머리의 젊은 여자는 쉴 새 없이 손을 놀렸다. 손거울을 보면서 노련하게 화장을 하고 끝내는 모습을 보면서 감탄스럽기도 했다. '화장'이란 단어를 떠올릴 때면 어린 시절의 한 장면이 오버랩 된다.

나는 미리 밖에 나와 사립문 근처에서 놀고 있었다. 아버지는 지게를 지고 있었다. 논에 일하러 갈 준비를 해서 지게 소쿠리에 짐을 싣고 어머니를 기다리는 중이었다.

"뭐 하노. 얼른 안 나오고."

아버지는 기다리다가 지쳐서 짜증을 냈다.

"곧 나가요. 다 되었어."

여닫이 문 한쪽이 반쯤 열려서 어머니 모습이 일부 보였다. 어머니는 여전히 거울 앞에서 분을 바르며 대답을 했다. 그러면서도 아직 밖으로 나오지 않았다. 아버지는 한 번 더 역정을 냈다. 어린 내 눈에도 어머니는 당신 볼일을 계속하고 있어서 아버지의 초조한 마음이 이해되었다. 한참이 지나서야 곱게 단장한 어머니가 드디어 문밖을 나왔다. 아버지는 어머니가 신발을 신는 순간 사립문 쪽으로 성큼성큼 걸었다. 나는 어머니 손을 잡고 끌려가듯 걸어갔다.

그때 장면은 어쩐 일인지 내게는 재밌고 우습게 기억되었다. 지게를 진 아버지는 마당에서 방문을 향해 '어서 일하러 가자'고 채근하고, 방에서 단장하는 어머니는 고운 목소리로 '네네'하면서 당신 볼일을 끝내고서야 나오는 장면이 말이다. 여자와 남자의 차이만큼이나 달랐다. 생긴 모습이 다른 만큼 일에 대한 행동 모습이 달라서 두고두고 나로 하여금 화장과 여자에 대해 어릴 때부터 생각하게 하는 기억이었다. 이모가 우리집에 다니러 왔을 때에도 나는 이모가 화장하는 모습만 또렷이 기억이 났다.

중학교 다닐 때 어머니의 화장품(화장품이랄 것도 별로 없었지만)을 만지지 않았다. 대신 성냥개비를 쓰고 남은 것은 보관했다가 눈썹을 칠할 때 사용하곤 했다. 무슨 멋이 들었는지 눈썹만은 신경 써서 칠했던 기억이 난다. 거울을 보며 조금 달라진 인상이 맘에 들어 제 멋에 치장에 힘썼던 것 같다.

어머니는 그 후로도 미모에 신경 썼다. 머리카락이 다른 사람들보다 이른 나이에 반백이 되어서는 부지런히 염색을 했다. 피부가 옻에 약해서 옻이 올라 퉁퉁 부었을 때도 있었다. 어느 날에는 염색을 한 후 아궁이에 불을 때는 바람에 옻이 전신에 퍼져 몸이 퉁퉁 부은 적이 있었다. 무서울 정도로 얼굴은 물론이고 팔다리, 몸이 부어서 병원에 입원까지 했다. 그리고 나서도 조심을 하면 했지 모발염색을 끊지 않았다. 예전의 염색약은 옻 성분이 기본으로 들어가 있어서 옻에 약한 어머니는 운이 좋지 못할 때는 고생이 자주 있었다. 후에 기술이 좋아져서 옻이 소량으로 사용되는 약을 쓰면서 어머니의 고생도 줄어들었다. 어머니가 돌아가신 후 물품 정리하다가 화장품 가득한 바구니를 보았다. 가난한 살림에도 소박하게 평생 곱게 꾸미며 지낸 모습이 떠올랐다. 소위 말하는 계란형 얼굴에 피부가 까무잡잡했다. 다정한 어머니이기도 했고 평생 고운 모습의 어머니이기도 했다.

아침시간에 아이 돌보랴, 출근 준비하랴 바쁜 여자들은 번개여자들이다. 더러는 남편이 아이 돌보는 일, 식탁 치우는 일 함께하는 가정도 있다. 함께하는 세상은 덜 힘들어서 맘이 좀 더 가벼울 것이다. 가족 신경 쓰느라 미처 단장하지 못한 여자가 자동차 안 거울을 보며 마무리 색조화장을 하는 중이다. 신호등이 바뀔 때까지 삼분 동안 마무리 화장하는 여자. 웃음이 화사하다.

컬러텔레비전이 일상화되면서 색조에 대해 더 관심을 가지고 또 화상도가 높아지면서 피부 톤에 관심을 가지는 사람이 많아졌다. 자신의 외모를 가꾸는 모습은 보기에도 아름답다. 각기 다른 개성 있는 모습을 찬찬히 바라보면 화사한 꽃들을 보듯이 마음이 밝아진다. 자신을 사랑하는 당당한 태도야말로 일에 찌들고 주눅드는 시간을 잠시나마 잊게 해주는 묘약이 되어줄 것이다. 아름답게 꾸미는 일은 죄가 아니다. 자신을 잘 돌보는 일이 자신과 타인에게 기쁨이 되고 위안이 되어줄 작은 선행이다.

화장은 왜 할까. 전철 안에서 타인의 눈을 의식하지 않고 화장을 하는 이유는 무엇일까. 자신의 민낯을 보여주기 싫어서일 수도 있다. 자신을 잘 모르는 낯선 사람들에게 자신을 특히 잘 아는 사람에게 아름답게 보이고 싶어서일 것이다.

거울을 보며 화장하는 동안 자신의 얼굴모습이 점차 화

사해지고 변모해가는 게 즐겁고 재미있을 것이다. 따뜻해 보이는 피부 톤이라든가 규모 있게 다듬어진 눈썹이라든지 립스틱까지 바르고 나면 보이는 전체적인 조화로움에 거울을 들여다보는 여자는 잠시 행복한 미소를 띤다.

바쁜 아침 아버지의 성화에도 불구하고 어머니는 곱게 화장을 하셨다. 내 앞의 젊은 여성은 바쁜 출근시간대 복잡한 전철 안에서도 꿋꿋하게 화장을 하여 아름답게 변신하였다. 곱게 변신한 여자가 핸드백에 화장품 클러치 백을 넣고 일어섰다. 여자가 향기를 풍기며 지하철을 빠져나갔다. 전철이 출발하자 까만 유리창에 내 얼굴을 비춰 잠깐 바라보았다.

가든세탁소

신월동 고갯마루길 모퉁이에 단골세탁소가 있다. 햇볕이 화사한 봄날 세탁소 앞 일자형 건조대에 세탁을 마친 옷들이 줄지어 서서 바람을 맞는다. 하늘거리는 블라우스와 중후하게 보이는 신사 재킷과 겨우내 입었던 외투도 보인다. 깨끗하게 세탁되어 말끔하게 다려진 옷을 보면 나는 기분이 좋아진다.

가든세탁소 아저씨는 내가 옷을 맡기러 갈 때나 찾으러 들를 때도 항상 반갑게 인사를 건넨다. 가게 안에 들어서면 벽 쪽에 천장까지 닿는 세탁봉에 수많은 옷들이 걸려 있다. 아저씨는 빽빽하게 걸려있는 옷을 헤집어 내가 맡긴 옷을 금방 찾아준다. 무엇보다도 내가 가든세탁소 단골이 된 것은 그가 다림질한 옷이 마음에 들기 때문이다. 좁다란 작업대 위에 옷을 펼쳐놓고 스팀을 '치칙' 뿌린 다음, 다리미를 일정하게 미는 모습에 정성이 묻어난다. 각이 잡힌 팔 근육이 안정감 있게 움직인다. 그의 왼손과 오른손이 바쁘게 움직이면 주름살이 활짝 펴진 옷이 찰랑거리며 옷걸이에 척 내걸린다.

그의 작업하는 장면은 가게 안에 흘러나오는 라디오 음악처럼 리드미컬하다. 뜨거운 다리미를 자유자재로 다루는 그의 솜씨는 달인이라 해도 무방하다. 내가 가든세탁소에 들를 때마다 넋 놓고 즐기는 장면은 그가 다림질하는 모습이다.

세탁소에 들어섰다. 아저씨가 다림질하는 중이었다.

"오늘 세탁물이 많군요."

"네. 셔츠랑 블라우스, 양복바지와 코트 두 벌이에요."

이사한 이후로 나의 세탁물은 이곳에서 때와 먼지를 벗었다. 나는 세탁소를 자주 방문했다. 세탁할 옷을 맡기기도 하지만 다림질 때문에 찾기도 했다.

나는 다림질을 기피한다. 옷을 망쳐버리게 될까봐 다림질이 필요한 블라우스, 셔츠, 바지는 이 세탁소에 맡기는 단골품목이다.

중학교 다닐 때는 다림질을 즐겨하곤 했다. 사춘기 시절이라 멋 내느라고 교복블라우스와 치마를 다림질해서 입었다. 긴 손잡이가 한 개 달린 쇠다리미에 숯을 담아 쇠다리미가 어느 정도 달구어지면 여름 블라우스와 춘추복 블라우스를 정성껏 다렸다. 학교까지 십리나 되는 먼 길을 한 시간 걸어서 다녔다. 바쁜 아침시간에도 불구하고 블라우스와 치마를 숯다리미로 정성껏 다려 입었다. 옷을 다리다가 학교에 지각할까봐 걱정하는 어머니에게 혼나면서도 겨울에는 교복바지를 다려입었다. 까만 쇠다리미에 시뻘겋게 달구어진 숯을 담아서 다리미를 뜨겁게 달구어 옷을 다렸다. 어머니에게 혼나는 일이 그다지 무섭지 않았다. 깔끔하게 옷을 다려 입으면 기분이 좋았기 때문이다.

시골 읍내 중학교를 졸업하고 소도시 고등학교로 유학을 갔다. 친구와 함께 학교 가까운 곳에 하숙을 했다. 봄철에 소매 긴 면 혼방 블라우스와 남색치마를 친구의 전기다리미를 빌려 몇 번 다려 입었다.

전기다리미는 숯다리미에 비해서 깔끔하고 편리했다. 숯다리미는 다림질이 끝나면 숯이 거의 식어 재가 되었다. 숯 찌꺼기를 다시 아궁이로 잘 가져다 놓고 다리미 안을 깨끗하게 닦아야 뒷정리 일이 끝나는 것이었다. 그런데 전기다리미는 쇠다리미를 사용할 때 겪는 불편함이 별로 없었다. 전기코드를 꽂고 온도조절장치를 확인하고 잠시 쉬면서 기다리면 되었다. 그 편리함이 맘에 들었다.

일학년 여름이었다. 여름교복 블라우스를 다리려고 친구의 전기다리미를 빌렸다. 새하얀 하복 블라우스 어깨선을 빳빳하게 세우려고 다리미를 조금 더 오래 누르고 있었다. 전기다리미를 블라우스에서 떼어내는 순간, 아뿔싸! 멋 내려고 애쓴 결과는 전혀 엉뚱한 모양으로 드러났다. 왼쪽 소매가 쭈글쭈글해져서 블라우스 모습이 망가져버렸다. 당황하여 빨개졌는지 얼굴이 화끈거리고 스스로에게 몹시 화가 났다. 천에 따라 전기온도를 적절히 조절해야하는 전기다리미 사용법이 서툴렀던지 소매 어깨연결부분을 각 지게 하느라고 꾹 누르고 있다가 그만 왼쪽 옷소매를 태우고 말았다.

가난한 살림에 겨우 학교 보내준 부모님에게 얼마나 미안했던지! 참담하다는 어휘가 몸소 체험되는 순간이었다. 새 블라우스를 맞춰 입은 날 나는 입술을 꼭 깨물었다. 몹시도 속상하고 미안한 마음이 강해서 다림질을 멈추어버렸다.

그 후 나는 옷을 구입하더라도 다림질 안 해도 되는 옷으로 구매하는 쪽으로 맘을 잡았다. 그게 습관이 되어버렸다. 어차피 정장재킷과 치마는 세탁소에 맡겨야만 되는 재질이 대부분이라 그럭저럭 잘 넘어갔다.

옷을 찾으러 세탁소에 다시 들렀다. 세탁소 안은 세탁기계가 한쪽 벽을 차지했다. 다른 한쪽은 세탁봉에 잔뜩 걸린 옷들이 저마다 말끔해진 모습으로 주인을 기다리고 있었다. 천장까지 닿을 듯이 높은 봉에도 세탁된 옷들이 형형색색으로 빽빽하게 진열되어 아저씨의 바쁜 일과를 증명해주었다. 입구 쪽에는 널따란 테이블 위에 막 다림질

중이던 바지가 눈에 띄었다. 물뿌리개와 다리미가 얌전히 세워져 있었다.

아저씨는 조금만 기다리라고 하면서 다시 다림질을 시작했다. 다리미에 부착된 분무기로 물을 치직 뿌리고는 일정한 속도로 민다. 그의 어깨에 적정한 힘이 들어간다. 창문으로 들어온 햇빛을 받아 다리미가 빛난다. 다리미는 마치 살아있는 생물처럼 쓱싹쓱싹 주름을 펴고 옷 모양새를 말끔하게 만들어낸다. 다리미는 세상의 어떤 주름도 망설임 없이 펴낸다. 다림질로 주름이 펴지는 옷을 보면서 내 맘 속에 있던 불안의 주름도 많이 펴졌음을 깨달았다. 시간이 꽤 흘렀고 다림질을 안 하다 보니 부담도 거의 사라졌다. 오래전의 상처가 세월의 다리미에 다림질되어 새 옷처럼 찰랑거린다. 주눅 들었던 마음, 구겨졌던 한 때의 묵은 아픔이 봄 햇살에 다려져 화사하게 피어난다.

내가 블라우스에 분무기로 물을 뿌리고 다리미질 한다. 일정한 속도로 적절한 힘을 가한다. 옷의 주름이 펴지고 옷이 눈부시게 말쑥해진다.

"다림질 끝났어요."

아저씨의 말에 화들짝 놀라며 건네는 옷을 받아들고 세탁소를 빠져나온다. 봄볕이 따스하고 스치는 바람이 부드럽다.

탁구는 즐거워

탁구는 인생이다.

내 안에서 내가 사라질 때까지 나를 향해 끊임없이 공을 던지는 연습이다. 탁구공은 지름이 40밀리미터, 무게는 2.7그램의 가볍고 작은 크기이다. 너무 작고 가벼워 여린 바람에도 날린다.

길게 또는 짧게 공을 밀어본다. 온몸으로 모시듯 실어 보내고 보낸 것 없는 자세로 돌아온다. 인생이란 탁구공을 받아내는 일이다. 그토록 가벼운 하얀 공에게 밑천을 다 털리고 빈털터리가 된다. 아무것도 가진 것이 없다는 것은 게임을 다시 시작해도 좋다는 허락이다. 센 공격에는 강한 부드러움으로 떨어지는 공을 살려내는 것이다. 잘하는 것은 이기는 것보다 한 수 위다. 드센 공격을 살려내는 일은 삶의 고비에서 기꺼이 바닥에서 일어서는 스스로에 대한 믿음이다.

하나. 탁구 입문

평일 저녁 탁구장에 갔다.

비슷한 또래의 동호인들이 짝을 맞춰 탁구게임을 했다. 실력은 다양하지만 탁구를 매개로 해서 즐겁게 게임을 하고 벤치에 앉아 쉬면서 담소도 했다. 탁구하다 보면 두 시간은 후딱 지나갔다. 겨울인데도 땀이 이마에 맺히고 얼굴은 발그레해졌다.

내가 탁구를 처음 마주한 것은 직장생활 3년차일 때였다. 퇴근 무렵 동료 두 명이 탁구를 치고 있었다. 두 남자가 재미있게 치길래 나도 좀 끼워달라고 부탁했다. 한 동료가 내게 탁구채를 건네주었다. 탁구라켓을 난생 처음 잡아본 나는 신나서 그들이 옆에서 훈수하는 대로 했다. 그러나 제대로 될 리가 없었다. 나는 상대방의 공을 치려고 했으나 번번이 공이 이리저리 엉뚱한 방향으로 날아갔다. 나랑 탁구 치던 상대방은 공중 볼을 날리며 랠리를 하다가 이내 재미가 없어졌는지 내기를 하자고 했다. '내기를 하자니?' 내가 질 것이 불을 보듯 뻔했다. 나는 턱없이 점수를 내지 못하고 쉽게 물러나고 말았다. 나는 몹시 약이 올랐지만 상황은 변함이 없었다. 두 동료가 탁구 치는 것을 바라보면서 눈으로 배우고자 열심히 지켜보았다. 그들의 게임이 끝나고 나에게 한 번 더 기회를 주었지만 크게 나아지지 않았다. 그 당시 나는 테니스를 주로 쳤다. 기술이 우수하지는 않았지만 게임을 할 정도는 되었다. 나는 공을 따라 제법 빠르게 테니스장 안을 이리저리 잔걸음으로 움직이곤 했다.

그런데 이 탁구는 작은 공이 내가 보내고자 하는 방향으로 잘 가주지 않았다. 나는 속상했으나 뾰족한 도리가 없었다. 이튿날 나는 탁구 좀 칠 줄 아는 학생을 물색했다. 그는 오후에 나의 연습 파트너가 되어주겠다고 약속했다. 일주에 두어 번 탁구랠리를 했다. 두어 달 되어서는 공을 바닥에 떨어뜨리지 않고 랠리를 제법 오랫동안 했다.

한 해 뒤에 다른 지역의 직장으로 전근되었다. 거기는 탁구동호인들이 몇 명 있었고 자주 탁구를 치는 모임을 가지곤 했다. 그들과 어울려 탁구를 가끔 했다. 그래도 테니스를 더 자주 쳤다. 테니스가 내게 더 익숙한 스포츠였다. 게다가 땀을 뻘뻘 흘리며 테니스를 끝내고 나면 기분이 좋았다. 테니스 끝나고 마시는 맥주 맛은 시원하기가 이를 데 없었고 그때 마신 맥주 맛을 아직도 기억한다.

임신을 한 후로는 더 이상 과격한 운동에 속하는 테니

스를 마음껏 할 수가 없었다. 마음을 가라앉히고 다시 직장 내 탁구모임에 기웃거렸다. 잘 치지 못했지만 어울리는 게 좋았다. 게임을 하면 진 팀이 돈을 모아 밥을 샀다. 그렇게 지내다 보니 탁구도 많이 늘었다. 임신한 몸인데도 기어코 탁구내기에는 물러서지 않았다. 고수들이 가끔 자기 능력을 발휘하지 않는 것을 차차 눈치 채게 되었다. 나는 임신 9개월에도 탁구를 쳤다. 고수들이 겁을 냈다. 내가 너무 열심히 탁구 하는 바람에 그들은 열심을 줄였다. 나는 지나치게 씩씩했고 열정적이었다.

그 당시 탁구채는 펜홀더를 주로 사용했다. 엄지는 라켓 앞쪽 손잡이 깊숙하게 잡아주고 검지는 코르크를 눌러준다는 느낌으로 잡아준다. 라켓 뒤쪽은 중지와 약지에 힘을 주고 가운데로 잡는다. 펜홀더는 전면만을 사용하기 때문에 백 쪽으로 공격해오는 공을 받기에는 팔이 짧은 내게는 어려웠다. 그래도 백 스트로크 받기 위해 기술을 제법 연마했다.

둘. 탁구가족

아이를 낳고 백일 된 아이를 데리고 서울로 왔다. 몇 년간 탁구는 잊고 살았다. 가끔 탁구를 쳤지만 그냥 잠시는 기분이었다. 탁구채 대신 아이 기저귀를 갈고 아이 노리개를 들고 아이와 놀았다. 아이가 일곱 살 되던 해 나는 다시 탁구를 가까이 하게 되었다. 탁구채를 펜 홀더 대신 쉐이크 핸드로 바꾸어서 한 달 동안 스포츠센터에서 매주 2회씩 레슨을 받았다. 하지만 아이가 어려서 한 달 만에 끝났다. 기다리는 아이에게 미안해서 내 취미를 계속 할 수가 없었다. 아이가 열 살 쯤 되었을 때 집근처 건물 지하에 탁구장이 생겼다. 원래 그 자리는 비디오가게였다. 나는 아이에게 보여줄 어린이비디오를 빌려오기도 하고 내가 보고 싶은 영화를 빌려보기도 했다.

그런데 어느 날 가보았더니 비디오가게는 텅 비어 물건이 하나도 없었다. 한쪽에 공사중이었다. 무슨 가게가 들어오냐고 물어보았더니 공사하던 인부가 탁구장이라고 말했다. 시멘트바닥에 마루를 까는 작업을 하는 중이었다. 바닥에서 약 십오 센티미터 정도 공간을 두고 마루를 깔고 있었다. 그래야 발목부상을 막을 수 있다고 했다. 그때 처음으로 실내 스포츠센터에 마루를 까는 이유를 알게 되었다. 그 공사비는 매우 비싸다고 했다.

탁구장 오픈한다고 해서 기회를 봐서 들렀다. 관장은 전직 탁구 국가대표선수출신이라고 했다. 젊고 아름다운 부인이 맞아주었다. 자기도 탁구를 좋아해서 탁구를 배우다가 결혼하게 되었다면서 웃었다. 라켓을 가지고 탁구장을 혼자 방문했을 때 부인이 탁구를 쳐주었다. 그녀는 탁구 손님에게 안내하기도 하고 혼자 온 손님과 탁구를 쳐주기도 했다. 나는 전직국가대표선수에게 탁구를 주 2회 배우기 시작했다. 하지만 이런저런 이유로 6개월을 넘기지 못하였다. 대신 열 살짜리 아들을 탁구에 입문시켰다. 그다지 좋아하지도 싫어하지도 않았지만 꼬박꼬박 다녔다. 아이는 일 년 육 개월을 탁구장에 다녔다. 좌우공격이 나보다는 한수 위였다. 나는 오랜 게임을 통해서 게임능력은 아이보다 한 수 위였다.

그 즈음 나는 작은 애를 낳고 더 바빠졌다. 그래도 해마다 사월, 오월에는 탁구를 했다. 직장 내 탁구대회선수로 함께 출전해야 해서 강제로 팀 연습해야 했다. 지역예선을 통과하면 칠월까지 결선경기준비를 해야 해서 두 달은 더 탁구를 쳤다.

어느 해는 지역탁구대회에 가족조로 남편과 출전했다. 그날 다섯 살 작은 애를 달래가며 이른 아침부터 집을 나왔다. 경기장에서 아이는 탁구대 옆에서 큰애랑 놀면서 엄마아빠를 응원했다. 오전에 예선을 통과했다. 아이를 돌보며 게임에 집중하는 일은 좀 힘들었다. 오후에 준결승전을 치르고 결승까지 올랐다. 남편은 동네탁구라서 게임을 잘하는 편이었으나 고수의 기술을 막아내는 일은 어려운 문제였다. 다행히 상대팀 한명이 약해서 경기는 할만 했다.

운도 따라주어서 우리 팀은 준우승을 했다. 상패와 상품을 받고 기분이 좋았다. 경기장 옆에서 잘 견디어준 아들과 딸이 고마웠다.

다음 직장에서 탁구선수출신 보스를 만났다. 토요일 오후 라켓심부름 온 남편을 보스와 치게 했다. 선수출신과 동네탁수선수는 게임이 되지 못했다.

그날 저녁 남편이 말했다.

"나, 탁구 레슨 받을게."

그전에는 "탁구를 왜 돈 주고 배우나?"라고 하며 다양한 자신의 기술을 선보이곤 했다. 그러나 어린 시절 탁구기술을 습득하여 오랜 시간 탁구를 제대로 쳐온 사람과 맞붙어본 느낌이 확연히 달랐던 것 같았다.

그는 주말 토, 일 2회씩 거의 3년을 배웠다. 파 스윙은 가끔 예전의 잘못된 자세가 나오곤 하지만 백스윙은 일품이었다. 뭐든 제대로 배운 것은 자기 것이 되나보았다. 그의 실력이 늘어가고 나의 실력은 점차 그와 비슷해져갔다. 둘은 자주 탁구를 쳤고 가끔 점수 실랑이를 하기도 했다. 때로는 가족들이 함께 탁구장에 갔다. 작은 애는 나를 따라 탁구장에 가서 두 달 정도 배웠다. 그 애가 일곱 살 때쯤이었다. 탁구 테이블보다 키가 조금 더 컸다. 계속 배웠으면 기능이 무척 향상 되었을 텐데 나름대로 힘들었던 것 같았다. 탁구를 그만 치겠다고 했다. 스윙이 기계처럼 정확하게 고르게 해서 전직선수인 관장도 아쉬워했다. 계속해주기를 맘속으로 바랐지만 그러라고 했다.

탁구레슨은 멈췄지만 탁구 치는 것은 한동안 계속했다.

남편은 거기서 더 나아가 직장 내 탁구동호회를 결성하고 초대회장까지 하면서 열성을 쏟았다. 재미를 제대로 붙인 듯 했다.

우리는 명절에 귀향할 때도 각자의 탁구라켓을 챙겨 갔다. 일찍 도착하면 근처 낯선 탁구장에 가서 한 두 시간 쳤다. 어떤 때는 지방 여행을 가서도 저녁에 여유가 있으면 탁구장을 찾아갔다. 사실 그를 처음 사귀었을 때도 식사 후 찻집에 가는 대신 탁구장에 가자고 내가 말했다. 그는 눈치 없이 첫 데이트하는 날에도 내게 져줄 생각이 없어보였다. 다행히 내가 탁구공을 좀 다룰 줄 아는 시기라서 적당히 놀 정도는 되었다. 결혼 후 테니스도 몇 번 쳤지만 탁구를 좀 더 자주 쳤다.

셋. 외국에서 탁구로 친구를 사귀다

미국에 일 년 거주할 때는 대형 스포츠센터에서 탁구를 쳤다.

먼저 인터넷으로 탁구장을 검색해서 거주지 근처에 두

군데 탁구장을 찾아냈다. 한 군데는 좀 넓은 곳이고 다른 한 곳은 시니어(노인들)용으로 개방하고 있었다. 넓은 장소로 개방된 곳에 몇 번 가족과 갔다. 딸은 또래의 러시아 소녀랑 탁구 치기도 했다. 러시아 소녀는 중국인 탁구 선수에게 개인 레슨을 받았다.

탁구장에는 탁구를 가르치는 또 한 사람이 있었다. 그는 한국에서 돈 벌러 잠시 미국에 갔다가는 아예 눌러 살고 있다고 했다. 그는 나의 딸에게 탁구를 가르치고 싶어 했다. 그는 탁구를 매우 잘 쳤고 잘 가르쳤다. 아이가 그에게 탁구를 한 달 배웠다. 딸은 한 달 정도 따라다니다가 바빠지는 바람에 탁구에서 빠졌다.

탁구 덕분에 낯선 외국에서 나와 가족들은 친구를 사귀며 적응을 예상보다 잘 했다. 스포츠센터에는 다양한 나이, 다양한 피부색의 사람들이 왔다. 나이든 아저씨들이 많이 왔고 중년의 아저씨, 청년들이 몇 명 보이기도 했다. 아주머니들은 몇 명 없었다. 나 정도 치는 여자는 별로 없었다. 젊은 시절에 테니스 선수 했다는 아주머니는 얼마나 열심히 연습하는지 갈 때마다 실력이 향상되어 있었다. 그녀는 나와 여러 번 쳤다.

미국인들은 작은 키의 중년 아시안 아주머니가 탁구를 잘 치는 게 무척 신기해 보였는지 처음에는 내가 탁구 치는 것을 유심히 보았다. 그러다가 몇 번 가서 낯이 익어지자 자기들과 치자고 해서 어울렸다. 단식게임도 하고 복식게임도 했다. 그들은 자세가 제각각이었다. 어떤 나이든 아저씨는 한쪽 발만 움직이며 치곤했다. 어릴 때부터 워낙 운동을 해온 사람들이라 운동신경이 예사롭지 않았다.

기억나는 한 명은 의족을 하고 탁구 치던 아저씨였다. 나는 어릴 때 동네 아저씨의 의족을 본 적이 있다. 그의 한쪽 다리는 다른 한쪽 다리와는 달랐다. 특수 플라스틱다리로 살구색으로 칠해져 있었고 구부리지는 못했지만 접어 올린 바짓단을 풀어 내리면 감쪽같아서 아무도 눈치 챌 수 없었다. 그래도 내가 본 아저씨의 다리 모습은 늘 아저씨의 얼굴에 살짝 드리우는 그림자처럼 내 마음 한쪽에 남아있었다.

미국에서 본 그 아저씨는 달랐다. 반바지 차림이었고 무릎까지는 자기 다리이고 그 아래로는 굵은 쇠막대기가 받치고 끝에 신발을 신고 있었다. 그는 나와도 탁구를 쳤고 남편과도 탁구를 쳤다. 탁구를 제법 잘 쳤다.

나는 그가 탁구 칠 때도 마음껏 웃고 공을 받으려고 이리 움직이고 저리 움직이는 모습을 보기도 했다. 어떤 때는 자기 차에서 내려 스포츠센터입구로 걸어가는 모습을 보기도 했다. 자세가 반듯했고 걸음걸이가 씩씩했다. 처음에는 낯선 문화에 약간의 충격을 받았지만 신선하고 새로운 경험이었다. 그 아저씨의 당당한 자세와 바른 걸음이 눈에 선하였다.

그 스포츠 센터는 여러 가지 경기를 할 수 있도록 시간별로 계획되어 있었다. 차단막을 천장에서 올렸다 내렸다 조정하도록 설계되어 있었다. 우리가 탁구 할 때, 다른 여러 곳에서는 농구하거나 롤러스케이트를 타고 있었다. 농구반도 여러 개 있었는데, 어떤 곳은 유치원 수준의 어린 아이들이 하고 있고 어떤 곳은 중고생 같이 보였고 어떤 곳은 청년들과 성인들이 모여서 하고 있었다. 또 한 쪽에는 잘 걷지도 못하는 아기들이 엄마랑 선생님이랑 함께 공굴리기 놀이를 하고 있었다. 아기들이 공놀이 하는 모습을 구경했는데 얼마나 귀엽던지!

나와 남편은 탁구장 사용시간이 종료되면 옷을 갈아입고 함께 근처 피자집으로 갔다. 피자헛이었다. 아담한 가게였다. 근데 거기서 일하는 젊은 아줌마는 무척 친절했다. 특히 목소리가 아름답고 표정이 친절해서 나는 그 집에 몇 번 더 갔다. 점원이 손님에게 친절하게 대하니까 손님인 우리는 기분이 좋아졌다. 나는 그 아줌마가 없는 날에는 좀 아쉬웠고 가게를 떠날 때까지 눈으로 찾아 헤맸다. 일부러 친절하려고 애쓰는 게 아니라 자연스러운 친절함이 인상적이었다. 사람들은 음식 맛과 점원의 친절함 때문에 그 음식점을 찾아가는 것일지도 몰랐다.

넷. 속풀이 탁구

탁구가 내게 즐거움을 주기도 하고 위로를 주기도 했다. 어느 해 직장에서 속상한 적이 있었다. 속 시원히 이야기하면 내 속은 풀어서 좋은데 상황이 어찌될지 알 수 없었다. 설명한들 제대로 내 말이 상대방에게 가 닿을지도 알 수 없었다. 상대방을 설득하는 일도 그다지 쉬워 보이지 않았다. 그러면서 시간은 흘러 퇴근시간이 되었다. 나는 밥을 먹는 둥 마는 둥 곧장 라켓을 들고 탁구장으로 갔다. 나는 친한 멤버와 탁구를 쳤다. 그런데 그날은 공격만 했다. 공이 오면 공격을 했다. 상대방의 양해를 구했다. 그는 나보다 고수라서 어떤 공도 잘 받아냈다. 거의 두 시간 이상을 둘이서 게임을 했는데 나는 공격만 했다. 공이 하나씩 깨어져 나갔다. 그날 나는 공을 세 개 깼다. 그 동안 탁구를 치면서 공을 깨어본 기억이 별로 없었다. 그런데 그날은 공이 세 개나 깨어지도록 쳐댔다. 나는 온몸이 땀에 젖었고 머리카락도 땀에 젖었다. 그제야 속이 뻥 뚫렸다. 체중이 내려갔다.

탁구 치는 동안 다시 즐거워지고 마음이 가벼워져갔다. 기운을 차리고 명랑해졌다.

오늘 탁구장에는 새로운 멤버가 왔다. 탁구를 통해 즐거움을 누리고 세상과 소통하는 놀이터 탁구장에 온 것을 환영했다.

탁구를 칠 때 규칙이 있지요. 공을 떨어뜨리지 않을 것. 떨어뜨리면 즉시 주워서 다시 이어갈 것. 그대와 나와의 소통을 위해 기꺼이 공을 치고받을 것. 소중한 것을 받을 때처럼 두 눈을 똑바로 뜨고 자세를 바르게 할 것. 공놀이이자 신성한 임무 수행하는 인생길 위의 수행자라는 것.

실수해석법

살다 보면 여러 번의 실수를 하게 된다. 실수를 통해서 실망을 하기도 하고 고통을 당하기도 한다. 실수로 저지른 일에 스스로 웃음보를 터뜨릴 때도 있고 주변을 즐겁게 해주기도 한다. 실수는 상황에 따라 반응이 다르다. 경미한 실수는 작은 경험치로 쌓여서 앞으로 살아가는 동안에 거울이 되어주기도 한다. 치명적인 실수로 사람이 다치거나 재산상의 손해를 입을 수도 있다. 크고 많은 다양한 실수는 역사가 오래 되었다. 실수 중에 친구의 어린 시절 실수는 '앗 뜨거'수준의 놀라운 부분이다.

주성이는 어린 시절 실수담을 내게 들려주었다. 그는 다섯 살 즈음의 일을 기억한다고 말했다. 철모르고 뛰어놀던 다섯 살 아이의 이야기는 뜨끔한 편이다. 그는 시골 농촌의 한 마을에 살았다. 가을 어느 날, 마당에서 놀다가 어머니가 가마솥 앞에 앉아서 불 때는 것을 보았다. 어머니가 다른 볼일로 자리를 비우자 자기가 어머니 자세를 흉내 내어 아궁이 앞에 앉았다. 아궁이 안에는 장작이 아직도 조금 타고 있었다. 장작에서 나온 불꽃은 아름다웠다. 무슨 꽃처럼 황색빛으로 일렁거리는 모습이 환상적이었다. 저 불꽃은 어떻게 해서 저렇게 나무에서 나올까. 장작(長斫)은 점점 붉어져갔다. 가마솥밑바닥은 숯검정투성이로 까맸다. 아궁이 안 양쪽 벽도 까맸다. 나무에서 나오는 불은 더욱 붉고 밝았다. 어머니가 사용하던 나무막대기 부지깽이가 옆에 있었다. 이 나무에도 불이 붙을까. 그는 부지깽이 끝부분을 장작불꽃에 살며시 올려보았다. 나무막대기에 불이 조금 붙었다. 그는 부지깽이 끝을 가마솥 옆 볏 짚단에 대어보았다. 연기가 나고 불이 조금씩 붙었다. 그런데 장작의 불보다 빨리 짚단 불이 커지기 시작했다. 부엌에서 나오던 어머니가 이를 보았다.

"불이야! 불이 났어요!"

주성이의 어머니는 비명을 지르듯 소리 질렀다. 어른들이 달려왔다. 이웃집 사람들이 물동이를 들로 달려왔다. 수십 명이 달려와 양동이 물을 불 위로 뿌리고 부었다. 벽 가득히 묶어 쌓아놓은 볏 짚단에서 훨훨 타오르는 불꽃을 죽이고 죽였다. 나중에는 볏 짚단이 조금 남고 까만 재들이 수북이 쌓였다.

주성이는 어찌할 바를 모르고 사람들이 움직이는 모습을 바라보았다. 물이 든 양동이를 들고, 이고 허둥지둥 달려오고 달려가는 사람들 모습이 비현실적인 모습으로 보였다. 뭔가 대단히 잘못한 것 같은데 잘 이해되지 않았다. 뭔가 잘못된 것만은 확실해보였다. 어머니, 아버지, 이웃 사람들이 저렇게 정신없이 달려오고 달려가는 것은 단단히 뭔가 일이 생긴 것 같았다. 불꽃이 사라지는 것을 보았다.

주성이는 어머니, 아버지에게 미안한 마음이 들었다. 자신이 한 행동으로 일어난 일에 어른들이 심하게 당황하고 겁먹은 얼굴이었다. 주성이는 가만히 기다렸다. 어머니가 뭐라 할까. 그런데 어머니, 아버지는 아무것도 묻지 않았다. 그래서 더 미안했다. 미안한 마음은 평생 가슴 한 구석에 남아있었다.

주성이는 어른이 되어서 그것을 알게 되었다고 했다.

철모르는 아들이 실수한 것에 대해 묻지 않았다는 것. 주성이의 실수로 벌어진 일에 대해 어머니, 아버지가 적극적으로 대처했다는 것을 깨달았다. 주성이는 크면서 그 사건을 떠올리며 아무것도 모르는 어린아이를 돌보는 일이 참으로 어려운 부모 일이라는 것을 깨달았다. 꾸지람보다 더 큰 꾸지람은 스스로 알아가는 시간을 기다리는 일이었다. 다섯 살 아이를 혼내는 일보다 불을 끄는 일이 더 급하고 중요했다. 아이는 어른들의 모습을 보면서 자신이 큰 잘못을 했다는 것을 보았다. 실수한 결과를 눈으로 보고 가슴으로 느끼며 나중에 생각하는 것이다. 생각은 더디게 진행된다.

인터넷신문에 실린 실수담은 서늘함보다는 훈훈함을 전해주었다. 물론 실수한 레스토랑 직원은 간담이 서늘했을 것이다. 영국의 스테이크전문점에서 손님이 40만 원짜리 와인을 시켰는데 직원이 실수로 700만 원짜리 와인을 손님에게 제공하였다. 식당측은 손님이 동일한 와인을 한 번 더 주문했을 때 와인배달에 착오가 있었음을 알게 되었다. 식당측은 "와인을 준 직원이 기운을 내길 바란다. 한번 실수를 했지만, 어쨌든 우리는 당신을 사랑한다."며 실수를 저지른 직원에게 별다른 책임을 묻지 않기로 했다는 것이다.

여기서 여러 가지 추측을 해볼 수 있다. 직원은 식당사장의 깊은 신뢰를 통해 마음의 큰 빚을 지게 되었다. 그리하여 그는 자신이 손해를 끼친 액수 이상으로 보답하기 위해 더욱 성심껏 식당에서 맡은 일을 잘해내려고 애쓸 것이다. 또 40만 원짜리 주문한 손님정도라면 앞으로도 이 식당의 고객으로 남아 그 맛있는 실수에 대한 식당주인의 처리태도를 보고 진정한 고객으로 다시 태어날 것이다. 640만원 손해를 기꺼이 받아들이고 더는 직원의 실수에 대해 거론하지 않고 직원에게 신뢰를 보내는 태도를 접한 사람들은 입소문과 언론, SNS를 통해 사연을 무한반복하게 될 것이다. 수많은 사람들이 식당주인의 아량에 대해 찬사하고 식당이름을 막대한 광고비 안 들이고 전 세계에 널리 알리게 되니 그는 참으로 큰돈을 번 것이다. 진정한 장사꾼이라면 장사꾼이요 통 큰 사업가라면 통 큰 사업가일 것이다. 직원을 사랑하는 마음을 고객들이 알아보고 그 사업가와 그 사업장의 이름을 깊이 마음에 새길 것이다.

물이 엎질러지면 먼저 닦고 나서, 왜 그랬는지 알아보는 것도 늦지 않다. 실수였는지, 고의였는지. 실수였다면 어쩌다가 실수했는지. 고의였다면 그렇게 해야만 하는 이유를 들어보아야 할 것이다. 들어보고 생각하는 일은 시간이 걸리는 일이다. 빨리 처리하려면 사유를 묻고 들어보고 하는 것을 생략하게 된다. 몸이 아파서 병원에 가면 의사는 증상을 묻고 진찰을 한다. 하물며 보이지 않는 사실에 대해 알아보는 일이 그리 쉬운 일이겠는가.

나도 가끔 실수를 한다. 부엌일을 급하게 하다가 그릇을 떨어뜨린다. 바닥에 사기그릇 조각들이 어지럽게 흩어져 위험한 상황을 맞기도 한다. 얼른 쓰레받기와 빗자루로 깨진 그릇조각들을 쓸어내고 걸레질을 한다. 가족은 서로 다치지 않도록 조심하면서 뒤처리를 함께 해주기도 한다.

어느 날에는 미용실에 갔다가 무심코 돌아왔는데 핸드폰이 없었다. 곰곰이 되짚어 보니 미용실에 두고 온 것을 깨달았다. 이미 늦은 저녁시간이라 어쩔 수 없이 다음 날 아침까지 기다려야 했다. 다행히도 주인이 핸드폰을 보관하고 있어서 돌려받고 마음을 놓은 적이 있다. 가족도 함께 걱정해주어서 고마웠다. 핸드폰 케이스에는 은행카드도 꽂혀있어서 아무데서나 잃어버리면 카드분실 신고까지 해야 하는 등 수반되는 일을 처리해야 하기도 한다.

누구나 실수를 한다. 실수를 받아들이고 해석하는 방식은 각자 다르다.

공터

머리를 감고 나면 하수구 철망에 머리카락이 한 움큼씩 걸리는 것을 본다. 간수하기 어려울 정도로 머리숱 빽빽하던 자리는 조금씩 머리카락이 비어간다. 머리를 이리 빗고 저리 빗으면서 차츰 넓혀가는 공터를 잘 포장해본다. 남들은 눈치 채기 어렵겠지만 혼자 거울을 바라볼 때면 예전과는 참으로 다른 머리카락의 세상을 경험한다.

기억의 촛불이 일렁인다. 타다 만 양초 토막 주변에 머리카락 몇 올이 흩어져 있다. 아침에 일어나 보니 바닥에 머리카락이 어지럽게 널려 있었다. '이게 뭐지?' 순간 머리를 손가락으로 툭툭 건드려보았다. 머리카락이 우수수 떨어졌다. 일어나 앉아서 머리를 빗어보았다. 까만 빗줄기가 쏟아지는 느낌이었다.

'아뿔싸.' 지난밤 일을 떠올렸다. 아침 등교시간에 늦지 않도록 일찍 자라는 어머니의 채근이 떠올랐다. 어머니의 염려는 십대 사춘기 자녀를 키우는 일반 여느 집 어머니와 다를 바 없었다. 나 역시 사춘기의 다른 아이들과 크게 다르지 않았다. 나는 대답은 건성으로 하고 소설책을 읽기 위해 머리를 써야했다. 이런 일은 한두 번 있는 일이 아니어서 이제 숙달되었다. 어머니의 염려는 등교지각이나 아버지의 불호령을 미리 예방하는 차원임을 내가 모를 리 없었다.

일찍 잠자리에 든 척을 해야 했다. 늦은 밤 부모님이 잠깐이라도 밖에 볼일로 나오면 내 방 불빛이 눈에 띄지 않게 해야 했다. 불빛을 감추어야 하므로 궁리를 했다. 내 방에서 양초에 불을 붙이고 창호지로 된 앞문과 쪽문을 얇은 담요로 가렸다. 그래도 안심이 안 되어 두꺼운 이불을 동굴처럼 둥글게 아치를 만들고 이불안에 들어가 양초를 얼굴 가까이로 당겼다. 다행히 문에 그림자가 생겨 불빛이 거의 가려진 듯했다. 나는 안심하고 이야기의 세계로 빨려 들어갔다. 다른 즐길 거리가 없던 시절이니 이야기의 세계는 신세계였다. 나도 모르게 얼굴을 책에 파묻고 곯아떨어졌던 것이다. 그 다음 상황은 떨어진 머리카락이 알려주었다.

거울을 찾았다. 작은 사각거울에 머리 부분을 비춰보니

가관이었다. 정수리 부분에 손바닥 반 정도의 면적에 머리카락이 없었다. 그 주변은 촛불에 그슬려 곱슬곱슬하게 오그라져있었다. 텅 빈 불모지의 정수리를 보면서 앞이 캄캄했다. 당황함이 겹쳐 와서 아무 생각이 나지 않았다. 어이없는 상황에 어떻게 대처해야할지 순간적으로 막막했다. 그러다가 학교가야할 일이 떠올랐다. 그전에 먼저 마주칠 가족들의 눈을 어떻게 피해야할까 고민이 되었다.

'학교에 어떻게 가지? 친구들이 텅 빈 정수리를 보고 놀리면 어쩌나?' '어머니에게는 뭐라고 말하지? 어머니가 알면 크게 걱정할 거야. 어머니가 알게 되면 우연하게 호랑이 아버지 귀에도 들어가고 말겠지.'

짧은 시간 동안, 우스꽝스러운 내 머리모습이 걱정되기보다는 어머니가 걱정할까봐 먼저 염려되었다. 아버지의 호통도 두려웠다. 친구들의 놀림이 상상이 되었다. 순간 학교에 가기 싫어졌다. 하지만 등교는 해야만 했다. 학교에 가지 않는다면 부모님과 선생님은 그 이유를 궁금해할 것이고 감추려고 거짓말하면 거짓말을 계속 덧붙여 나가야 하므로 그것은 피곤하고도 힘든 일이 될 터였다. 그것은 또 다른 복잡한 일을 만드는 셈이 될 터였다.

'아, 어쩐다?' 가족에게 감추는 일이 고민이었다. 등교하지 않을 구실은 더더욱 생각나지 않았다. 학교 갈 일이 막막했다. 외모에 눈뜨는 사춘기 여자애에게는 감당 안 될 사태였다. 머리모양을 어떻게 바꿀지 궁리를 거듭했다. 이 상황을 남은 머리카락으로 잘 덮어보려고 요리조리 뜯어보았다. 드디어 작전이 떠올랐다. 뻥 뚫린 정수리 주변머리는 다행스럽게도 별 탈이 없으니 그것을 이용해야했다.

내 머리카락을 굵고 단단한 편이었다. 친구와 머리카락 싸움을 벌이면 내 머리카락은 번번이 승자가 되곤 했다. 머리숱도 엄청 많았다. 어머니가 머리카락을 가위로 잘라준 적이 있었다. 아주 어릴 때는 별 군소리를 하지 않았다. 하지만 중학교 때 한번 잘라주었는데 내 눈에 들쑥날쑥해보여서 볼멘소리를 했다. 맘에 안 들어 눈물을 몰래 찔끔거렸다. 어머니는 숱이 너무 많은 머리카락 손질하는 일을 어려워했다. '고맙습니다.' 인사 대신에 입술을 뾰족하게 내밀고 거울 보면서 얼굴 부은 모습을 했기 때문이다. 어머니는 내가 맘에 안 들어 하는 모습에 웃으며 "예쁘다, 괜찮다."고 위로해 주었다. 하지만 내게는 별 위로가 되지 못했다.

초등학교 고학년 때는 머리를 길게 길렀다. 아침마다 바쁜 시간에 긴 머리 손질하기가 점차 어려워져서 미용실에 가서 단발머리를 하게 되었다. 미용사는 내 머리숱이 너무 많다고 하면서 정리해주겠다고 했다. 긴 머리카락을 턱 선에 맞춰서 먼저 잘랐다. 이어서 정수리 쪽, 양쪽 귀 뒤쪽, 뒤통수 쪽 이렇게 네 군데 각각 머리카락을 한 움큼씩 쥐고 잘라냈다. 성인이 되어서도 오래 동안 머리카락 솎음이 계속 되었다.

촛불에 머리카락이 타고 그을린 후에도 정수리 주변에 남은 머리카락이 훨씬 많아서 다행이었다. 정수리 앞쪽 머리카락을 잘 빗어서 훤한 자리를 그럴듯하게 덮었다. 머리핀 몇 개로 단단히 고정시켰다. 나는 이마가 넓어서 그동안 앞머리를 살짝 내려 이마를 가리고 다녔다. 이제는 어쩔 수 없이 앞머리를 곱게 빗어서 온통 뒤로 넘기고 훤한 이마를 드러내야만 했다. 머리카락으로 빈 정수리를 잘 포장하여 새로운 머리모양으로 꾸몄다. 막상 이마를 드러내 놓고 보니 생각보다는 보기에 그다지 나쁘지 않았다. 나는 텅 빈 정수리가 교묘하게 감추어진 모습이 맘에 들어서 살포시 웃었다.

매일 아침마다 머리 빗으며 공터의 짧은 머리카락이 매우 조금씩 자라는 걸 느꼈다. 거뭇거뭇하던 공터는 차츰 까맣게 짙어져 갔다. 날이 가고 달이 가고 머리카락도 일 센티미터에서 이 센티미터로 자랐다. 육 개월 지나자 눈에 띄게 머리카락이 자라서 이제는 같이 빗어 넘길 정도가 되었다.

나는 머리카락 자라는 속도를 따라 인내심이 자라는 것을 느꼈다. 시간을 따라가는 법도 배웠다.

시간 따라 늘었다가 줄어들어가는 것이 머리숱에만 일

어나는 현상은 아닐 것이다. 푸른 나무숲처럼 창창하던 꿈도 듬성해져간다. 열정의 도가니는 차츰 서늘해지고 담담해져서 빈자리가 늘어간다.

옛 친구를 만나면 "너, 그대로네."라고 말한다. 하지만 친구의 말은 옛 모습이 남아 있어서 반갑다는 소리일 것이다.

즐거웠던 일들이 시간 따라 희미해져 가고 고통스러웠던 일들도 기억이 바스러져 가물거릴 때가 있다. 시간이 만들어가는 공터가 반갑기도 하다. 체력에 공터가 생겨 가는데 비례해 기억이 희미해져가는 것은 자연스럽게 여겨진다. 만약 체력은 떨어져 가는데 열정이 그대로라면 날마다 숨차서 버티지 못할 것이다. 열정이 몸을 이리 끌고 저리 돌리면서 몸이 쓰러져도 멈추지 않는다면 축복이 아니라 비극이 될 터이다. 반대로 기억이 희미해져가고 총명함에 공터가 생겨 가는데 신체능력이 왕성하다면 스스로 책임지기 어려운 행동을 하게 되어 역시 주변 사람들에게 피해를 끼치게 되는 일이 생겨날 것이다.

시간이 만드는 공터에 다시 가득 뭔가 들어가는 모습을 보는 것은 경이롭다. 젊은 시절 바쁘게 살아가면서 많은 일들이 하루를 가득 채우곤 했다. 시간이 흐르면서 체력의 공터에 맞게 일에도 공터가 생기고, 거기에 다른 무엇이 들어가기 시작한다. 시간의 공터가 넓어져서 마음이 넉넉해지고 감정에도 공터가 커져가면서 희로(喜怒) 애락(哀樂)에 일희일비(一喜一悲)하는 일이 점점 엷어져간다.

시간이 흐르면서 내가 시간에 따라가는 것 같기도 하다. 내가 가는데 시간이 나를 놓치지 않으려고 옷자락잡고 기어이 따라오는 것도 같다. 시간이 흘리고 가건 내가 두고 가건 공터를 만들고 다시 공터에는 다른 것들로 조금씩 메워져갈 것이다. 산들이 좀 더 가까이 보이고 물소리가 더 정답게 들리고 젊은이들의 떠들썩한 소리도 반가울 것이다. 아이가 우는 소리나 모습도, 새소리처럼 귀엽고 꽃처럼 고울 것이다.

멸치허리 인사법

동네 마트에서 '행사 특가'로 멸치상자를 쌓아두고 판매를 하고 있다. 코끝에 전해지는 갯가 냄새는 고향의 바다를 떠올리게 한다. 싸게 판다는 말에 잠시 그 앞에서 머뭇거린다. 상자 안에는 파르스름한 비늘 옷을 입고 정중하게 허리를 구부린 멸치 신사가 바다를 머금고 인사를 건넨다. 적당히 예를 갖춘 인사법에 못 이긴 척 한 상자를 바구니에 담는다.

하나. 멸치 데치기

시아버지는 어부였다. 포항 인근 바다에서 멸치어장을

마을 어부들과 공동으로 하였다. 그는 이른 새벽이면 배를 타고 멸치 그물을 올리려 바다로 나갔다.

새벽에 나갔던 배가 멸치를 가득 싣고 포구에 들어오는 날이면, 연락을 받은 식구들이 함지박을 들고 나가서 갓 잡아 올린 멸치를 담아다 집에 나르곤 했다.

시어머니는 마당에서 미리 커다란 가마솥에 물을 끓이고 계시다가 멸치가 들어오면 소금(천일염)을 넣고 바로 멸치를 삶았다. 소금물에 멸치를 얼른 데쳐서는 넓적한 그물채로 재빨리 건져서 넓은 그물멍석에 널어 말려야 했다. 이런 일련의 동작이 조금이라도 지체되면 멸치가 물러져서 상품 가치가 떨어지기 쉬웠다. 최상품의 멸치를 만들어내기 위해서 끓는 물에 간을 적절히 하는 것이 우선 중요했다. 지나치게 짜거나 싱거운 멸치로 만들지 않기 위해서 어머니의 손끝 감각이 탁월한 솜씨를 발휘하곤 했다. 두 번째로 중요한 점은, 멸치를 포구에서 집까지 운반하는 시간인데, 그 시간이 짧을수록 멸치의 신선도가 높아서 바다빛이 살아있는 멸치가 탄생할 확률이 높았다. 세 번째는 끓는 물에 데치는 시간이다. 멸치가 지나치게 삶아지지 않게 데쳐지는 순간, 멸치를 뜰채로 잽싸게 건져내야 한다는 것이었다. 타이밍이 절묘하게 맞으면 멸치는 공손하게 허리를 굽혔다. 어머니는 딱 그만큼의 구부림이 최상품이라고 합격점을 주었다. 그제야 나는 종일 구부리고 있던 허리를 간신히 펴고 주위를 살펴보았다. 마당에 멸치가 그득했다. '저걸 다 어떻게 하지?' 푸념을 늘어놓으면서도 어머니가 멸치를 건져주는 대로 받아 그물멍석에 골고루 펴는 일을 멸치 허리가 되도록 도왔다. 적어도 그 정도의 허리를 굽혀야만 밥을 먹을 수 있는 법이라고 어머니는 말씀하셨다.

한여름 해는 금방 중천에 올라와서 이마와 등에는 땀이 흘러내렸다. 더구나 마당 한 구석에 대형 솥에서는 물이 펄펄 끓고 아궁이에는 장작불이 활활 타오르고 있었다. 분초를 다투며 솥과 멍석 사이를 오가며 뛰다시피 다니느라 그 자체가 엄청난 노동 겸 운동이었다.

눈이 따가워도 땀을 닦을 짧은 시간조차 허락하지 않고 일에 매달렸다. 집중력을 요구하는 일이 한 시간 이상 이어졌다. 내가 뭔가를 도울 수 있다는 것이 기뻤다.

둘. 멸치 말리기

멸치를 데쳐서 말리는 작업을 처음 해보는 일이라 처음에는 도와준다는 것이, 도로 멸치를 망가뜨려 작업을 방해하게 될까봐 걱정도 되었다. 하지만 일을 반복할수록 방법을 터득하게 되어 나름대로 도움이 되었다. 더운 여름 날

오전을 그렇게 뜨거운 김에 쏘여가며 멸치 말리는 작업을 하면서 보내곤 했다.

멸치 말리는 작업이 쉬운 일이 아니었다. 널어만 놓는다고 일품멸치가 탄생하는 게 아니었다. 여름 날씨는 때로 변덕이 심해서 멸치 말린 이튿날은 비가 내리기도 했다. 그러면 덜 말린 멸치를 잘 걷어서 방에서 펴서 계속 말리곤 했다. 여러 대의 선풍기는 사람을 위해서가 아니라 멸치를 위해서 하루 종일 쉴 새 없이 바람을 일으키며 돌아갔다.

나는 어머니가 시키시는 대로, 멸치를 햇살에 며칠 동안 말리면서 중간 중간에 멸치를 헤쳐주고 고루 잘 마르게 했다. 멸치가 적당히 잘 마르면 어머니를 도와서 모양이 좋지 못한 멸치를 가려냈다. 또 크기에 따라 잔멸치, 중간멸치, 굵은 멸치 등으로 구별해서 분류했다. 어머니는 그것을 상자에 담아 무게를 달았다. 잘 된 상품은 멸치 중간상인들에게 팔았다. 부서진 것들은 따로 모아서 그것들 중에서도 상중하로 상품을 나누어 볶음용, 찌개용, 국물다시용으로 나눠서 상자에 담았다.

마른 멸치가 될 때까지 참으로 많은 손길이 가고 손질할 것이 많았다. 공이 많이 드는 것을 알고 나서 멸치 하나하나가 소중하게 느껴졌다. 그것은 새벽에 일어나 고깃배를 타고 나가서 어둠 속에서 길어 올린 아버지의 꿈이기도 했고, 아버지가 잡아온 멸치를 어머니가 식구들과 함께 끓이고 말리고 손질하고 한 여러 날의 손길이 배어서이기도 했다.

지금도 마른 멸치를 까다 보면 마음이 짠할 때가 있다. 어느 한 놈도 내장이 까맣게 타지 않은 것이 없어서이다. 얼마나 속을 끓였으면 저 지경이 되었을까 싶다. 시부모님의 숱한 고생이 멸치 내장안에 새까맣게 박혀있다.

셋. 멸치육젓

어머니는 봄에 잡힌 생멸치는 말리지 않고 멸치육젓을 담았다. 멸치 육젓이란 생멸치를 소금에 절여 숙성시킨 것으로 멸치와 멸치액젓이 함께 든 멸치젓을 말한다.

겨울 동안 따뜻한 남쪽 먼 바다에서 머물던 멸치가, 봄이 되면 포항앞바다까지 올라오는데 그때 잡힌 멸치는 아름다운 은색 빛깔이 난다고 했다. 산란기를 앞두고 잡힌 멸치라서 지방질이 많이 함유되어 있어서 생으로 먹기도 했다. 이때의 생멸치는 국물용의 멸치보다 몸집 크기가 훨씬 크다.

어머니는 멸치육젓이 잘 숙성되면 멸치액젓을 따로 병에 담아서 시장에 내다 팔기도 하고 일부는 자식들에게 나누어 보내주곤 하였다. 처음에는 그게 멸치액젓이라고 말은 들었지만, 사용방법을 몰라서 한동안 부엌 한쪽에 두었다가 어머니로부터 자세히 설명을 듣고서 요리할 때 요긴하게 사용하게 되었다.

어머니가 담은 멸치액젓은 특유의 젓갈 냄새가 많이 났다. 깊은 맛이 풍부하고 단맛은 적어서, 김치 담글 때 넣으면 깊고 진한 맛을 냈다. 나물 등을 무칠 때나 찌개에 간장 대신으로 넣기도 했다.

가을에도 어머니는 생멸치로 멸치 젓갈을 담그곤 하였다. 시큼한 멸치젓갈 냄새에 처음에는 적응하지 못하여 괴로웠다. 그러나 바다냄새가 내 몸에 배어들고 코가 시큼한 냄새에 적응했는지 어느 순간부터 그 냄새는 더 이상 나를 괴롭히지 않았다. 멸치젓갈을 듬뿍 넣은 김치를 밥에 걸쳐 먹는 맛도 알게 되었다. 시간이 흐르면서 멸치젓이 많이 든 김치 맛을 알게 되었고, 그 후로 그런 김치를 더 좋아하게 되었을 정도였다.

깊은 맛을 지닌 멸치젓갈을 먹으면서 나는 어머니의 신산한 삶을 떠올리기도 했다. 한때 시아버지가 다리를 심하게 다쳐 오랫동안 병석에 있었을 때, 어머니는 아이들 돌보며 밭일까지 도맡아 하였다고 한다. 한창 자라는 아이들을 바라보며 억척스럽게 일하였다고 한다. 힘에 벅찬 나날을 살아내느라, 어머니는 참으로 고단한 몇 년을 보냈다.

힘든 가운데서도 포기하지 않고 묵묵히 일하며 버틴 어머니를, 잘 숙성된 어머니의 미소와, 여유, 지혜, 인내, 끈기 등등을 어느 날부터 나도 닮아 가고 있었다. 고래심줄 같은 질기고 단단한 시간이 푹푹 익으며 느린 물결처럼 흘러 비껴간다.

넷. 멸치볶음

멸치는 난류성 어류로 겨울에는 남쪽 바다 멀리 나가 있다가 봄이 되면 쿠로시오난류를 타고 우리나라 남해안 쪽으로 올라온다고 한다. 멸치는 남해에서 많이 나고 남해 것이 맛있다고 한다.

남편이 직장을 경남으로 옮기고부터 나는 남해멸치를 맛보게 되었다. 그곳 시장에서 가끔 멸치를 사서 서울로 가져온다. 남해멸치로 처음 먹어본 것이 지리멸치(매우 작은 멸치)였다. 지리멸치는 고추장볶음을 하기보다는 땅콩, 아몬드 등을 섞어서 설탕, 식용유, 간장을 넣고 볶으면 고소하고 독특한 맛이 있다. 작은 멸치로 고추장볶음을 해서 밥상에 올리면, 아이들 젓가락이 멸치 쪽으로 자주 오가는 동안에 금방 멸치 접시는 바닥을 드러낸다. 입맛 까다로운 아이에게도 멸치 볶음은 사랑 받고 있다.

마른멸치는 칼슘이 풍부하고 손쉽게 구할 수 있는 식품이어서, 내가 자주 먹는 식품에 속한다. 멸치조림은 물론이고 국물 맛을 낼 때도 마른멸치가 어김없이 들어간다.

드넓은 바다세상에서 몹시도 작은 것이 지상의 식탁에서 사랑받는 귀한 존재가 되기도 한다.

다섯. 통뼈의 품격

살아가면서 많은 일을 만난다. 쉽게 풀리는 일도 있지만 꼬일 대로 꼬여서 잘 풀리지도 않거니와 설혹 풀린다 하더라도 지나치게 오랜 시간이 걸리기도 하고 많은 시간을 투자해야 겨우 유지되는 일을 만나기도 한다. 그럴 때 주눅이 들거나 새침해져서 스스로를 힘들게 하고 주변 사람들을 당혹하게도 한다.

작지만 그 은빛 몸뚱이가 발산하는 빛이 자못 눈부시다. 죽어서도 저 광대무변한 대양을 누비던 왕년의 자유와 영광은 여전하다. 꼿꼿한 멸치의 통뼈를 떠올리며 허리를 펴고 잠시 숨을 고르게 쉬어보자. 멸치 떼가 바다를 헤엄치듯 기지개를 켜고 숨을 크게 들이쉬고 소리라도 한번 지르자. 빼대 있는 멸치처럼 고개를 들고 어깨를 쭉 편 채, "으라차차!" 힘내다 보면 바다 속을 흐르듯 헤엄치는 멸치처럼 자유로움을 맛보게 되리라.

오늘 저녁 멸치 볶음 맛이 각별할 것 같다. 나는 멸치 상자를 안고 마트를 나선다.

2부

파랑, 까마귀와 바닷새

사랑해요, 고등어 씨!

어머니 여읜 후 앓고 있는 내 곁으로
반씨 여자가 고향을 끌고 왔다

아껴둔 묵은지 있으니 고등어조림을 해요
양파 파 마늘 양념해서
국물을 자작자작 졸이는
여자의 도란도란 낮은 목소리
내 슬픔도 조금씩 졸아든다

김치 냄새가 허공을 헤매다가
내 코로 스며들어 정신에 스며들어
어머니 거닐던 집으로 날 데리고 간다

고등어 냄새가 동해바닷가 마을로
나를 업고 훨훨 날아간다

어머니는 가족들 위해
자작자작 고등어조림을 만들고
나는 어머니 주변을 빙글빙글 돌며
종알거린다
고등어 냄새가 좋아요
어서 밥 먹어요 우리.

어머니 웃음이 햇살처럼 퍼지고
나는 환한 아이가 되어
눈물 훔친다

〈묵은지 고등어〉 전문, 권순자

나의 고등어 사랑은 유별나다. 그것은 아마도 어린 시절부터 어머니가 정성스레 만들어주던 고등어조림에서 유래하는지도 모른다.

내가 살던 시골동네는 바다와는 오 리 정도 떨어진 거리에 있었다. 그 당시에 농촌에는 아주 작은 구멍가게가 있을 정도였다. 마트가 따로 없었을 뿐만 아니라 시장조차 먼 거리에 있었다. 게다가 읍내서 열리는 오일장이라서 읍내까지 가는 일도 시간을 따로 내어서 가야하는 형편이었다. 그래서 생선 파는 아주머니가 함지박에 생선이나 해산물을 담아서 머리에 이고 시골동네를 다니며 생선을 파는 일이 농촌에서는 흔히 볼 수 있는 풍경이었다.

해가 기울어 햇살이 비스듬히 비치는 늦은 오후쯤에 생선장수 아주머니가 우리 집에 들르면 어머니는 생고등어를 여러 마리 샀다. 그런 날이면 어머니는 무를 듬뿍 썰어 넣고 양념을 하여 요리한 고등어조림을 상에 차렸다. 나는 생선보다는 무를 더 잘 먹었다. 생선 맛이 배어든 무는 워낙 맛이 좋아서 밥 한 그릇을 다 먹을 때까지 숟가락으로 떠먹었던 기억이 난다. 그래서 고등어조림은 내게 어머니를 떠올리게 하는 음식으로 으뜸이 되었다.

고등어는 비린내가 강한 생선에 속하는데 어린 시절에 고등어조림을 먹으면서도 생선 비린내를 별로 느끼지 못했다. 그것은 아마도 고등어조림을 먹을 때 생선보다는 무를 좋아해서 생선을 조금 먹어서 그랬는지도 모른다. 어쩌면 어머니가 싱싱한 고등어를 사용하고 양념을 잘해서 어린 내가 비린내를 크게 못 느꼈을지도 모른다.

나는 고등어조림을 몹시 좋아하고 잘 먹긴 했지만 장성하도록 내 손으로 직접 생선으로 요리를 해본 경험이 없었다. 그래서 막상 생선을 만지거나 요리하는 데는 서툴렀다. 그런데 생선을 좋아하는 남자와 결혼하고 보니 참으로 난감했다. 생선요리를 하기 위해서 먼저 생선을 다듬어야 하는 일인데 생선의 미끌거림을 견디지 못하였다. 내 몸의 피부가 근질거리고 몸에 두드러기가 일어나는 느낌이 일 정도로 거북하고 도대체 적응이 되지 않았다. 어린 시절 어머니가 요리해준 고등어조림이나 곤피무침, 미역무침 등을 즐겨 먹었지만 별로 그런 것들을 직접 만져보거나 다듬거나 해 본 경험이 없었다.

어느 날 시댁 바닷가에서 동생이 그물로 다른 물고기와 함께 고등어를 잡았다. 양동이에 바닷물을 담아서 거기에다가 잡아주는 물고기를 넣는 일을 맡았다. 내가 고등어를 손으로 받아서 양동이에 넣어야 하는데 아무래도 손이 나아가지 않았다. "아오, 아무래도 못 만지겠어." 내가 쭈뼛거리니까 옆에 있던 어린 딸이 자기가 하겠다고 나섰다. 아이는 두 조막손으로 큰 고등어를 받아 쥐고서 양동이에 담았다. 고등어가 퍼드덕거리면서 양동이 안에서 헤엄치며 움직이자 아이는 깔깔거리며 즐거워했다. 나는 안도의 한숨이 터지면서 동시에 크게 웃었다. 아이가 대견하고 대단해보였다. '어머, 애는 나를 안 닮았나 보네.' 우리 둘은 계속 웃으면서 동시에 신기한 눈으로 양동이 안의 고등어를 바라보았다. 그 순간만은 누가 어른이고 누가 아이인지 헷갈릴 정도였다. 고등어는 좁은 양동이 안을 이리저리 움직였다. 등은 바닷물처럼 푸른빛을 띠고 긴 나선형의 몸을 이리 휘고 저리 돌리면서 뒤척거렸다. 작은 몸집의 놀래기 몇 마리도 지느러미를 파닥거렸다.

시장 생선가게에 갈 때면 고등어가 있는지, 고등어 상태가 어떤지 먼저 살폈다. 고등어는 나무 상자 안에 담겨져 모로 누워 한 쪽 눈으로만 나를 멀거니 보거나 반대쪽으로 누워 꼬리를 내게 향한 채 먼 바다 쪽으로 눈길을 주고 있기도 했다. 검푸른 등은 서늘한 바다를 떠올리게 했다. 꼬리지느러미는 아직도 시퍼렇게 물결을 치며 나아갈 것 같은 기세로 꼿꼿했다. 하얀 배는 자유로이 헤엄치던 바다의 하얀 포말처럼 눈이 부셨다. 짠내와 비린내가 풍기는 어시장은 또 다른 바다풍경이었다. 나에게 말을 거는 고등어 두 마리를 손으로 가리켰다. 아주머니에게 생선을 다듬어달라고 부탁했다. 그 당시 소도시 어시장에는 요즘처럼 생선가게에서 조리하기 쉽게 다듬어주는 일이 별로 없었다. 나는 생선가게 아주머니가 다듬어준 고등어를 가지고 와서, 어릴 적 어머니 어깨너머로 익힌 조리법으로 고등어조림을 만들었다.

어느 날, 남편이 예고도 없이 친구 부부를 저녁식사에 초대했다. 갑자기 손님을 데리고 불쑥 집에 들어오니 나로

서는 난감했다.

'이를 어쩌지?'

잠시 고민하다가 나는 집근처 시장으로 단숨에 달려갔다. 내가 좋아하는 고등어 두 마리를 샀다. 생선가게 아주머니는 그날따라 너무 바빠서 생선을 내가 조리하기 쉽게 손질해달라고 부탁할 수 없는 형편이었다. 시간은 저녁식사 시간이 임박해있었다. 우물쭈물한 시간이 없었다.

나는 고등어 두 마리를 받아 집에 오자마자 먼저 다듬기 시작했다. 칼로 등 푸른 고등어를 쳤다. 능수능란한 솜씨로 고등어를 깨끗하게 손질했다. 먼저 무를 두툼하게 썰어 냄비 바닥에 깔았다. 그 위에 고등어 토막을 얹고 대파를 어슷하게 썰어 넣고 양념을 하여 조리기 시작했다. 자박자박하게 담긴 국물이 보글보글 끓었다. 고등어가 익어가는 냄새가 나기 시작했다. 국물이 자작자작 끓고 있는 냄비 안에서 고등어도 고들고들하게 익어갔다. 맛있는 냄새가 냄비 주위에서 흘러나왔다. 조리가 다 되자 흐뭇한 얼굴로 나는 고등어조림을 그릇에 담아서 저녁상을 차렸다.

"와, 먹음직스러워 보여요."

손님들과 남편이 상 앞으로 다가왔다. 그들이 내가 만든 고등어조림을 맛있게 먹는 모습을 보면서 기분이 좋았다. 젓가락으로 뼈를 발라내어가면서 그들은 내게 연신 고개를 끄덕여주며 즐겁게 식사를 했다. 냄비에 남아있는 고등어조림을 모두 가져다 먹었다. 마지막에는 국자로 냄비 바닥을 박박 긁다시피 해서 떠 간 고등어조림을 얼마나 맛있게 먹었는지 고등어는 간데없고 뼈만 빈 그릇에 남아 있었다.

나는 이제 고등어 만지는 것이 두렵지 않다. 누가 뭐래도 고등어 요리만큼은 이제 자신 있다. 생선가게 좌판에 누어있는 고등어를 만나면 냅다 장바구니에 쓸어 담아 오고 싶다. 달큰한 무우를 두툼하게 깔고 고등어조림을 하면 내 마음에도 칼칼하고 싱싱한 냄새가 배어들 것만 같다. 군침이 돋는다.

사랑해요, 고등어 씨!

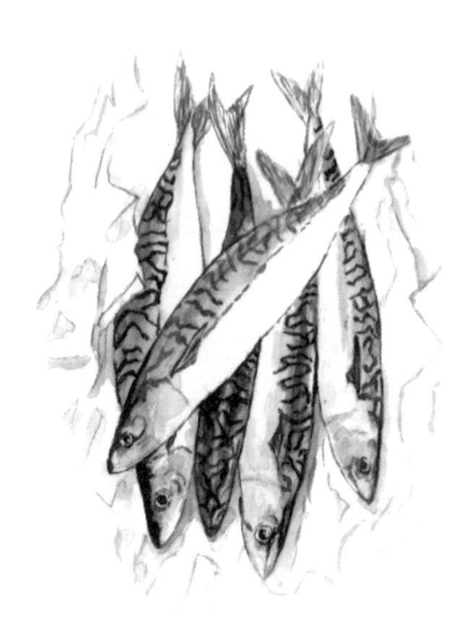

그 여름에 나는 진한 나이테를 새겼다

길을 걷다가 한쪽발이 삐끗했다. 팬 바닥을 미처 보지 못하였다. 잠깐 서서 발을 진정시켰다. 운동을 자주 하지 않아서 발 근육이나 순발력이 떨어졌다. 요즈음에는 생활 중에 다리나 다른 부위를 다치면 근처 병원에 가서 쉽게 치료를 받는다. 전문의가 있고 좋은 치료사가 있으며 좋은 의료시설도 있다. 효능이 탁월한 약도 많이 개발되었다.

예전에는 무자격 의사들이 더러 활동하고 있었다.

읍내 중학교에 통학하던 어느 날이었다. 나는 오른 쪽 발목을 다쳤다. 아침에는 그저 발이 조금 아픈 거니까 하고 참고 십리 길을 걸어 학교에 갔다. 그런데 시간이 지날수록 아픈 발이 점점 부어오르더니, 오후가 되면서 퉁퉁 부어 발을 땅바닥에 댈 수도 없을 정도로 아파왔다.

마침 장마철이라 비가 와서 집에 갈 수도 없었다. 큰 비가 내리면 넓은 개울물이 넘쳐흘렀고 작은 강은 홍수로 인해 나무로 만든 다리를 순식간에 부숴버리고 말았다. 그래서 강 양쪽은 물이 줄어들 때까지 왕래가 끊어지곤 했다. 친구들은 나를 데리고 동네까지 갈 수 없었다. 마지막 버스는 끊어진 지 오래였다. 친구들은 담임선생님께 사실을 알렸다. 선생님의 배려로 친구들에게 나를 읍내 있는 선생님 댁으로 데려가게 했다. 친구들은 제대로 걷지 못하는 나를 데려다 주고는 모두 먼 길 걸어서 집으로 돌아갔다. 부은 다리를 끌고 어쩔 수 없이 선생님 댁 작은방에 머물게 되었다.

이튿날 몸집이 큰 남자선생님이 나를 업고 침 맞으러 갔다. 대침을 맞고 나쁜 피를 뺐는데, 부기는 좀 빠지기는 했지만 통증이 가라앉지 않았다.

비는 계속 와서 강물 높이는 더 높아졌다. 이틀이 지난 후 오후가 되어서야 시골의 어머니가 읍내로 나왔다. 강물 높이가 제법 낮아져서 건너올 수 있었다고 했다. 아버지는 며칠 출타 중이라 함께 못 왔다면서 어머니는 내게 미안해했다.

나보다 키 큰 내 친구와 어머니가 나를 부축해서 버스를 타고 소도시로 나왔다. 정형외과 병원을 찾아가서 진료를 받았다. 의사는 진찰을 해 본 뒤에, “한 달 간을 입원

해서 치료받아야 합니다."라고 말했다. 나는 시간도 시간이지만 돈 걱정에 어머니와 의논하였다. 그리고 나서 의사 선생님에게, "잘 알겠습니다만 형편이 안 되어서 그냥 가겠습니다."라고 말하고 병원을 나왔다. 어머니와 친구는 덩치 큰 나를 부축하느라 진땀을 뺐다.

어머니는 모처에 접골 잘하는 사람이 있다는 소문을 미리 듣고 왔는지 접골이야기를 꺼냈다. 그리로 가보자고 하였다. 나는 빨리 낫고 싶은 마음에 어머니의 뜻을 따르기로 했다. 우리는 버스를 타고 한 시간 넘게 시골길을 갔다. 버스는 울퉁불퉁한 자갈길을 달려 우리를 어느 시골 마을로 데려갔다. 거기 도착해서 마을 사람에게 접골하는 사람의 주소를 물어보니 자세히 위치를 가르쳐 주었다.

나를 데리고 어머니와 친구는 힘들게 그 집으로 갔다. 그런데 아무 기척이 없었다. "일하러 갔을 겁니다." 이웃집 남자가 말했다. 우리는 그 집근처에서 기다렸다.

한참동안 기다리고 있으니까, 기별이 왔다. 볼 일 보러 갔던 그 사람이 집에 도착했다는 것이었다. 그는 일흔이 넘은 노인으로 보였는데 기운만은 정정했다. 어머니에게 몇 마디 물어보더니, 내 아픈 다리를 휙 잡아채는 것이었다. 나는 순간 벌어진 일에 놀라고 발이 아파서 비명을 질렀다. 그러자 접골 노인은 버럭 성을 냈다.

"더 볼 필요 없으니, 데려가시오."라고 어머니에게 낫고 엄한 목소리로 짤막하게 말했다.

우리 세 사람은 갑작스런 그의 태도에 너무 놀랐다. 어머니는 빌며 부탁했다. 아픈 아이 데리고 먼 길을 왔으니 제발 한 번만 봐 달라고. 그는 말하기를 치료동안 소리 지르면, 손을 댈 수가 없다고 했다. 나는 절대 소리 안 지르겠다고 약속했다. 노인은 어머니의 간청에 못 이겨 다시 한 번 내 발목 접골을 시도했다. 그는 내 아픈 발을 두 손으로 잡더니 뼈를 끼워 맞추는 것 같았다. 엇나간 뼈가 '따악' 소리가 나면서 제자리를 찾았는지 아픔이 가셔졌다. 그가 나를 보고 그 자리에서 바로 걸어서 저만치 걸어 가 보라고 했다. 나는 그가 시키는 대로 걸어보았다. 신기하게도 부은 발은 더는 아프지 않았다. 믿기지 않아서 몇 번이나 그 자리를 빙빙 돌면서 걸어보았다.

그가 어렸던 일제시대, 일본인 의사 밑에서 일하며 배웠다고 했다. 그럼에도 그는 '자격증'이 없었으므로 공개적으로 의료행위를 할 수가 없었다. 그는 치료를 해 주었지만, 의료행위에 대해 정당한 대가를 받지 않았다. 그것은 아무래도 법적으로 금지되었기 때문이 아닌가 하였다. 어머니는 감사의 표시로 식료품값 정도를 드렸다. 한사코 받지 않으려고 했지만, 어머니는 아무 것도 드리지 않고는 자리를 뜰 수 없다고 했다.

그는 글자 그대로 '접골'에는 능통했던 거 같다.

업혀 왔던 내가 갈 때는 혼자 걸어갈 수 있었다. 친구와 어머니와 나는 버스정류소까지 걸었다. 우리 셋은 버스를 타고 다시 소도시로 나왔다. 가까스로 막차를 탔다.

이튿날이 되어도 부기는 쉽게 빠지지 않았다. 부은 다리를 긴 천으로 묶어 벽에 박힌 대못에 천을 연결해서 부은 발 부분이 높이 들리게 했다. 이틀을 더 결석을 했다. 이틀이 지나자 신기하게도 부기가 거의 빠졌다.

발목을 심하게 접질린 사건을 통해서 나는 많은 것을 경험했다. 선생님 댁에 이틀씩이나 숙식을 했던 일, 맘씨 좋은 담임선생님은 젊은 미술 선생님이었다. 사모님은 아픈 나에게 상냥하게 대해줘서 맘이 그나마 편하여 발의 심한 통증을 그런대로 감당할 수 있었다. 한나절은 빈집에서 종일 텔레비전을 보면서 아픈 다리의 통증을 오롯이 견뎌내던 일이 생생했다. 대침으로 시커먼 나쁜 피를 빼내던 경험도 쉽게 잊히지 않았다. 나를 업고 학교 근처 한의원을 왕래하던 선생님의 등은 어찌 그리 넓고 편안하던지. 아픈 것도 잠시 잊을 정도였다. 어머니와 친구가 나를 부축하여 먼 소도시로 나가서 병원을 왕래한 일, 다시 더 멀리 접골 의사를 찾아간 일도 생생하게 기억난다. 자격증을 가지지 못했지만 실력을 입증하던 노인의 쩌렁쩌렁한 일갈도 귀에 쟁쟁하다.

긴 장마와 홍수로 나무다리가 물결에 휩쓸려가고 물깊

이가 어른 가슴에 닿아서 학교를 쉬어야 했던 친구들, 불어난 강물 때문에 딸이 아파도 학교에 와볼 수 없었던 부모님, 그래서 부은 발의 아픔과 부모님 마음이 헤아려져서 안타까웠던 마음이 복잡하게 마음과 머리를 어지럽혔다. 사춘기 예민하던 시절이었다.

접골하고 집에 돌아와 이틀간이나 결석을 할 때에는 어서 부기가 빠지길 기도했다. 대접 받는 일이 감사하기도 하고 미안하기도 했다. 친구들이 보고 싶기도 했다. 선생님께 발이 나은 건강한 모습을 하루 빨리 보여드리고 싶었다. 나를 위해 애쓴 사람들에게 건강해진 모습을 보여줌으로써 같이 기뻐하고 싶었다.

며칠간의 소동과 고통과 사연을 겪으며 사춘기의 나는 오래토록 남을 나이테를 새기게 되었다. 내 한 시절의 진하고 깊은 나이테였다. 때는 여름이었으나 참으로 호된 생의 추위를 건너간 겨울의 한 시점이었다.

지금까지도 그때 다친 발목이 괜찮은 것을 보면 그 접골의는 대단한 치료사였던 것 같다. 이제는 신체 나이 때문에 발목이나 종아리 등에 불편한 일들이 자주 생긴다. 카랑한 목소리로 엄하게 주의를 주던 다부진 노인의 모습이 희미하게 떠오른다. 타인의 신체와 정신을 돌보는 의사와 치료사, 간호사들 덕분에 덜 힘들고 덜 불편한 생활을 하게 되어 감사하다.

까마귀와 바닷새

내가 살던 미국 서부 오레곤 주 유진시에는 유난히 까마귀가 많았다. 까마귀 서식지라서 그런가 보았다. 아침마다 까마귀들이 지저귀는 소리에 잠에서 깨어나곤 했다.

한국에서는 까마귀가 울면 '오늘 누구한테서 소식이 오려나' 뭐 이런 식으로 까마귀 소리에 신경이 쓰이곤 했다. 그러다 보니 편지가 오기도 하고 사람이 찾아오기도 하여 그것을 까마귀 울음과 연루시키는 버릇이 생기곤 했다.

그런데 여기서는 까마귀들이 무리지어 다니며 시도 때도 없이 짖으니 한국에서의 그런 상념과는 거리가 멀게 되었다.

공원을 산책하다 보면 까마귀가 무리지어 잔디 위를 종종 거리며 다니기도 하고 이쪽 잔디 공원에서 저쪽 숲으로 날아오르기도 했다. 어린 까마귀가 어미 까마귀를 부르는 소리가 들리고 그러면 곧 이어 어미 까마귀가 지저귀는 소리와 함께 어린 까마귀 쪽으로 날아오기도 했다. 때로는 새끼 까마귀가 서투른 날갯짓을 하며 날아가는 게 보였다. 날아다닐 때는 한국의 가을 하늘에서 종종 보게 되는 철새 떼처럼 2열종대로 길게 줄을 이어서 파란 하늘을 날아가는 모습도 자주 보게 되었다. 까마귀 떼를 여럿 볼 때도 있었다. 다른 무리끼리 파란 하늘을 이리저리 날다가 대장격인 맨 앞쪽 까마귀가 짖으면 뒤이어 날아가던 까마귀 서너 마리의 짖는 소리가 이어지고 다시 그 뒤의 까마귀들이 화답하는 소리가 조용한 공원까지 들렸다. 저들은 자신들의 규칙을 나름대로 몸으로 익히고 있다는 것을 내가 다시 한 번 경험하면서 규칙에 대해서 곰곰이 생각해 보는 계기가 되었다.

동물들이 서로의 신호를 통해서 무리지어 살아가는 것은 자신들의 생존을 위해서 필요한 규칙이고 필요한 방식이다. 그 규칙을 지킴으로써 스스로를 보호할 수 있으면서 동시에 자신의 종족을 유지할 수 있게 되는 것이다. 규칙은 자신의 영역을 보호하는 역할을 하면서 다른 까마귀나 다른 동물의 영역을 침범하거나 해치지 않음으로써 서로 함께 같은 공간에서 조화롭게 살아갈 수 있게 하는 체제라고 생각된다.

또한 자기들 보다 힘이 세거나 강한 동물의 습격을 피하기 위해서는 서로 연락이 순조로워야 하고 어느 한 까마귀가 그 규칙을 어기게 되면 함께 목숨을 잃게 되는 수도 있는 것이다. 까마귀로서는 좀 더 머리가 좋고 시야가 넓고 좀 더 대담하고 빠른 통찰력과 판단력이 있는 대장 까마귀의 역할을 기대할 것이다. 그러한 일을 감당할 수 있는 까마귀는 자신을 비롯한 다른 까마귀들의 생명을 보호해 주는 종족보존의 방편 역할을 하게 될 것이다.

일부 과학자들은 까마귀들이 먹이를 구하려고 지능을 이용한 여러 가지 실험들을 해 오고 있다. 사례를 통해서 발표한 보고서를 읽어보면 까마귀들은 한낱 날짐승이지만 지능이 있는 동물임을 깨닫게 된다. 그 중의 두 가지 사례를 들어보자. 다음은 어느 일간지에 소개된 내용이다.

부리가 닿지 않는 물병 안에 있는 물을 마시기 위해 머리를 쓰는 이솝우화 속 까마귀 이야기가 과학적인 사실을 근거로 했다는 연구 결과가 나왔다. 이솝우화 대부분이 사회 풍자나 교훈을 담기 위해 동물 이야기를 지어낸 작품이지만 '영리한 까마귀' 편은 사실을 있는 그대로 표현했다는 것이다.

2008년 8월 7일 영국 일간 텔레그래프에 따르면 케임브리지대의 크리스토퍼 버드 연구팀은 목마른 떼까마귀

(rook)가 좁은 물병에 얕게 담긴 물의 수위를 높이기 위해 조약돌을 이용하는 행동을 실제로 입증했다. 연구팀이 까마귀의 일종인 떼까마귀 4마리를 대상으로 실험한 결과 이들은 물에 떠 있는 벌레에 부리가 닿을 때까지 옆에 놓인 돌을 계속 물병에 집어넣었다. 떼까마귀들은 작은 돌보다는 큰 돌을 집어넣어 효과를 높일 줄 알았고 수위를 높이는 데 필요한 돌이 몇 개인지 가늠해 보는 듯한 태도도 보였다. 또 성급하게 부리를 집어넣는 대신 병 속 물높이가 충분해질 때까지 기다릴 줄도 알았다. 이 연구는 과학 전문지 '커런트 바이올로지' 최신호에 발표됐다.

현재 박사과정 학생인 버드 씨는 "까마귀들은 매우 지능적이고 유인원(類人猿)과 경쟁할 정도로 머리를 써서 문제를 해결하는 데 뛰어나다"며 "이는 까마귀의 뇌가 영장류와 매우 다르다는 점을 감안하면 놀라운 일"이라고 말했다. 그는 "까마귀들은 먹이를 손쉽게 얻을 수 있는 야생 생활에서 머리를 쓸 일이 거의 없기 때문에 그 지능이 제대로 알려지지 않았다"며 "하지만 우리에 갇혀 있으면 평소에 보지 못하는 능력을 발휘한다"고 설명했다.(동아일보 2009.8.8일자)

또 하나의 사례를 들어보면, 영국 옥스퍼드 대학교 동물학과 알렉스 교수팀이 실험한 결과가 있다. 그 연구자들이 발표한 실험 연구에 따르면, 까마귀의 지능이 도구를 조작할 줄 아는 단계라는 것이다.

연구팀은 투명한 실린더 속에 고기를 담은 조그만 바구니를 놓아두고 관찰하였다. 연구팀은 실린더의 높이를 까마귀 부리가 바구니 손잡이에 닿지 않게 설치해 놓았다. 실린더 주변에 곧은 철사와 굽은 철사를 놔두었더니 몇 번의 시도 끝에 굽은 철사를 이용하여 바구니를 꺼냈다고 한다. 다시 연구자들이 굽은 철사를 없애고 곧은 철사만 실린더 옆에 놔두고 살폈다. 그랬더니 까마귀가 여러 번 시도한 끝에 철사의 한쪽을 발로 고정시키고 반대쪽을 부리로 물고 구부려 직접 철사를 갈고리로 만들었다. 그리고서 갈고리 철사를 이용하여 바구니를 들어 올려 바구니 안에 담긴 고기를 꺼내서 먹었다고 한다. 사전 경험이 없는 상태에서 구부리는 방법은 배우지 않았는데 다른 동물에게서는 발견할 수 없는 행동을 까마귀가 보여주었다는 것이다.

까마귀는 예전부터 영리한 동물이라고 전해지고 있다. 그러한 이야기들이 오늘날 과학적인 실험으로 입증되고 있는 셈이다.

유진의 까마귀들이 길 가는 사람을 겁내지 않고 자신들이 하던 일을 계속 진행하는 것을 지켜보노라니, 그 까마귀들이 한국의 길거리나 공원에서 자주 보게 되는 비둘기 같다는 생각이 들었다. 다른 점은 여기 까마귀들은 모두 야생이라서 먹이를 숲이나 풀숲, 잡초들 사이에서 찾아낸다는 것이다.

어느 날부터는 아침에 하얀 새들 무리가 보였다. 몸 전체가 온통 하얀데 날개부분만 흰색에 가까운 회색이었다. 생김새는 바닷새 갈매기 같았다. 그러나 바다는 자동차로 2시간 가까이 걸리는 거리에 있어서 도통 새의 종류를 가늠할 수 없었다. 이삼일 동안 궁금하게 지냈는데 아침에 이웃으로부터 그 새가 바닷새라는 말을 들었다.

나는 갈매기를 유난히 좋아한다.

경주시 대본리 바닷가, 포항시 우목리 바닷가에서 자주 대하던 희고 빛나는 갈매기! 햇살에 하얗게 빛나는 모습은 눈이 부셔서 실눈을 뜨고 바라보아야 할 때가 많았다. 어린 시절 사춘기를 겪느라 스스로 힘들어할 때, 바닷가를 걸으며 갈매기의 비상을 바라보며 부러워하기도 하고 재미있어하기도 하였다. 때로는 용기를 얻기도 하였다.

풍랑이 일 때는 갈매기들이 해안으로 피신해서, 내가 보기에, 오들오들 떨며 바람이 그치기를 기다리는 모습이 눈에 띄기도 했다. 파도는 갈매기의 놀이터이기도 했고 먹이를 찾아 헤매는 정글이기도 했다. 물결 위를 날다가 삽시간에 내리꽂히고는 어린 물고기를 사냥하던 날쌤도 보았다. 때로는 높이 높이 날면서 하얀 날개를 쫘악 펴고는 멋진 비행을 보여주기도 했다.

포항에서 직장을 다닐 때에는 죽도항에 자주 들렀다. 거기에서는 갈매기들이 날아다니는 것을 쉽게 볼 수 있었는데 고기잡이배들이 드나드는데다가 어시장이 가까이 있어서 먹이가 풍부해서였을 것이다. 죽도항에 정박한 고깃배들 위를 갈매기들이 날갯짓 하며 끼룩거리는 정경이 부산하게 다가오면서도 아름답게 느껴지기도 했다.

시간이 날 때면 가끔씩 구룡포 바닷가를 거닐기도 했다. 구룡포항 역시 고깃배가 드나드는 곳이라 갈매기들이 무리지어 날아다니거나 파도를 타고 쉬는 모습이 눈에 띄곤 했다. 야생의 갈매기는 치열하게 자신들의 생존을 위해서 부지런히 먹이를 찾아 바닷가를 맴돌기도 했다. 코끝에 와 닿는 갯비린내는 삶을 위한 부단한 움직임을 잘 섞어서 바닷가를 메우고 있었다.

결혼한 후에는 우목리 해안에서 노닐던 갈매기를 자주 마주하였다. 사람들의 발길이 뜸한 시간이면 갈매기는 파도를 타면서 헤엄치며 먹이를 찾아내곤 했다. 바닷가 전봇대에 서너 마리씩 줄지어 앉아서 햇살을 즐기기도 했다. 갈매기들은 스스로 비상하기도 하고 급강하하기도 하고 바다 위를 맴돌기도 하였다. 때때로 어린 갈매기는 날갯짓 연습하느라 파닥거리다가 물에 앉곤 했다. 끊임없는 반복으로 얼마 뒤에는 시원스레 비행하는 모습을 보면서 갈매기가 살아가는 모습이 우리네 사람살이와 참으로 비슷함을 깨닫기도 했다.

여기 유진에 와서 만난 갈매기는 그래서 반갑고 신기하기도 했다. 고향의 갈매기는 주로 바닷가에서만 볼 수 있었다. 그런데 유진의 갈매기는 먼 해안으로부터 날아와 아침마다 풀밭 위를 거닐면서 먹이를 찾는 모습이 물새 같지 않아서였다. 원래 육지 네 발 짐승처럼 근처를 어슬렁거리며 걷는 모습이 영 달라 보였다. 오솔길 가까이에서 종종거리며 걷는 갈매기 곁으로 내가 다가가도 사람을 겁내지 않고 제 볼 일 보는 모습이 특이하게 느껴졌다. 하도 몰두해 있길래 내가 시험 삼아 땅에 발을 굴러 보았다. 그러자 놀란 갈매기가 일이 미터 정도 날아가 다시 내려앉아 먹이를 찾으며 종종 걸음을 했다.

어떤 글귀에 보니, 갈매기도 도구 이용에 능한 편이어서 조개를 바위 위에 여러 번 떨어뜨린 후 그 속살을 먹는다고 한다. 내 눈으로 직접 갈매기가 도구를 이용해서 먹이를 먹는 장면은 아직 포착하지 못하고 있다. 특이한 점은, 여기 유진에서 만난 갈매기는 예전에 내가 듣던 그런 울음을 울지 않는다. 그저 자기네들끼리 뭐라뭐라 대화를 나누는지 주고받는 지저귐을 간간이 듣게 된다.

어린 갈매기가 날아가고 있는 모습이 날개를 팔랑거리는 모습으로 다가온다. 덩치 큰 갈매기는 날개를 쫘악 펴고 바람의 흐름을 타면서 여유롭게 자신만만하게 날아서 공원의 한쪽 귀퉁이에서 다른 쪽으로 바람처럼 날아간다.

아침 한 때, 깃털 색깔이 선명하게 대비되는 까마귀와 갈매기가 무리지어 다니는 모습이 참으로 신선하게 다가왔다. 아침햇살에 새까맣게 빛나는 까마귀와 하얗게 빛나는 바닷새가 함께 푸른 풀밭을 종종거리면서 다니고 먹이를 찾거나 자신의 어미를 부르고 화답하는 소리를 듣고 있노라니 무척 감동이 되었다. 같은 공간에서 특성이 다른 날짐승이 서로 방해하지 않고 자신들의 할 일을 하는 모습을 보고 나는 잔잔하면서도 깊은 인상을 받았다.

까마귀와 바닷새의 어울림을 보면서, 마음에 여유를 가지고 살아간다는 것이 무엇보다 중요하다는 것을 다시 한 번 생각해보는 계기가 된 것 같다.

유진 시의 까마귀 모습은 어린 시절 고향의 까마귀와 모습은 닮았다. 그러나 고향에서는 높은 나무에서 까마귀가 울 때면 어른들이 별로 좋아하지 않았던 기억이 있다. 그래서 까마귀가 울면 어른들의 말이 생각나서 신경 쓰곤 했다. 유진의 까마귀는 별로 울음소리를 내지 않고 종종거리며 잔디 위를 돌아다니거나 떼를 지어 높은 나무쪽이나 숲으로 날아다니는 모습이 자유로웠다. 가끔씩 울어대도 참새 지저귀는 소리 듣는 것처럼 별로 신경 쓰이지 않는 게 신기했다.

* 주 : 나중에 알고 보니, 우리나라 도시에 살고 있는 비둘기처럼, 이곳의 갈매기도 바다에 사는 갈매기가 아니고 이곳 근처에서 지내는 갈매기가 대부분이라고 한다.

친구 같은 구두

며칠 전에 산 구두를 신고 외출했다. 발이 편하도록 넉넉한 치수를 샀는데도 몇 시간 외출하고 나니 엄지발가락이 아파왔다. 아무래도 구두코 높이가 엄지발 크기에 비해서 꼭 끼는 상태였다. 고민하다가 구둣가게에 가져가서 상담했더니 본사에 가져가서 구두 높이를 조절해야 한다는 것이었다. 결국 신발을 맡기고 돌아왔다.

내 발은 볼이 넓고 발등이 높아서 운동화나 단화가 신기에 편했다. 그래도 구두를 신고 싶어서 발품 팔아 겨우 좀 편한 신발이라 생각해서 구입했는데 평균여자 발보다 내 발가락이 굵은가 보았다. 실제로 나이 들면서 발모양도 변해갔다. 예전에는 지금보다 구두나 운동화 크기가 두 치수나 작았다. 작고 예쁜 신발에 발이 쏘옥 들어가면 기분이 좋았다.

이십대 시절 멋 내기에 한창 관심이 있던 시기의 일이었다. 어느 날, 친구가 키 큰 남자를 소개해주겠다고 했다. 나는 작은 키에 대해 고민하다가 신발로 문제를 좀 해소해보기로 했다. 시내 신발가게를 여러 군데 순례하면서 다양한 모양의 신발을 신어보았다. 그러다가 한 신발가게에서 마음에 드는 신발을 골랐다. 굽 높이가 칠 센티미터 정도 되는 뾰족구두였다. 검정색 바탕에 반짝이는 금속 장식이 박혀 있어 세련되어 보이는 구두였다. 나의 작은 키를 보완해 줄 것으로 여겨져 굽 높은 신발을 찾던 중이라 반가웠다.

친구가 소개해 준 남자는 키가 매우 컸다. 생김새도 준수하고 요즘 말로 킹카였다. 하지만 그의 키는 내가 높은 굽의 신발을 신었음에도 불구하고 한참이나 더 커서 내 큰 덩치가 왜소해 보일 정도였다. 그는 좋은 면을 많이 가지고 있었다. 그럼에도 불구하고 그의 키에 비해 내 키가 워낙 작게 여겨져서 좀 불편했다. 그와는 한번 데이트로 끝났지만 키 크고 서글서글한 눈매와 말씨, 푸근한 웃음을 소유한 그의 키 큰 모습은 한동안 내 머리에 즐거운 기억으로 남아있었다.

그와의 만남을 위해 구입한 그 신발은 오래토록 신었다. 발에 맞았고 신발이 예뻤기 때문이었다. 그 신발을 구입한 후에 다른 구두들은 옆으로 비껴놓은 채 그 신발을 즐겨 신었다. 특히 제법 먼 길을 갈 때도 신곤 했다.

문제는 나중에 발생했다. 그 신발을 살 때는 발에 꼭 맞았는데 발 크기에 너무 꼭 맞았던 거 같았다. 오래 걸은 후에나 저녁 무렵에는 발이 약간 붓는 법인데 그 점을 미처 고려하지 못했다. 발이 조금 아픈 느낌이 들곤 했다. 하지만 무시하고 괜찮으려니 생각하며 굽 높은 신발을 계속 신었다.

내 발은 다른 사람에 비해 발 폭이 조금 넓은 편이고 발두께도 좀 더 두꺼워 발등이 높은 편이었다. 그런데 그 사실을 그때까지는 제대로 인식하지 못했다. 구두나 운동화 등의 신발을 편하게 신고 다닌 덕분에 내 발이 볼이 좁고 발등이 낮은 구두를 신었을 때 생기는 문제점에 대해서 특별히 눈여겨보거나 생각해보지 않았던 것이다.

발 모양이 조금 변한 것을 깨달은 것은 굽 높은 구두를 애용하고 한참 지나서였다. 굽이 높은데다 폭이 좁은 구두를 오래 신어서 발 앞쪽에 지나치게 무게가 실린 바람에 발모양이 변해있었다. 양쪽 엄지발가락이 검지발가락 쪽으로 휘어져 보기에도 걱정스러웠다. 그렇다고 발이 아프거나 하지는 않았다. 그러나 휘어진 발가락은 다시는 제자리로 돌아가지 않았다.

사람의 몸 중에 그 기관이 소중하지 않은 곳이 어디 있겠는가. 사람이 살아있는 동안에 끊임없이 움직여야 하는데 발은 언제나 몸을 지탱하고 몸을 다른 장소로 이동시켜주는 매우 중요한 역할을 하는 부분임에도 불구하고 너무 안이하게 대처한 것 같았다. 발 건강보다 예쁘고 멋있는 구두 모습에 반해서 그만 발 모양을 휘어지게 하고 말았다.

발모양이 변형된 것을 보고 나서 볼이 넓고 높게 만들어져서 발을 편하게 해주는 신발을 골라 신고서부터는 그나마 발에게 주는 불편함은 덜게 되었다. 늘 신발 속에 들어 있어서 모습은 보이지 않지만 내 몸을 가고 싶은 곳으로 데려다 주는 고마운 신체의 일부임을 잊지 않고 있다. 앉아서 쉴 때 가끔씩 발을 만져 주기도 한다.

운 좋게도 내 변형된 발을 잘 보듬어줄 수 있는 편한 구두를 한 켤레 찾았다. 몇 년 전 스페인 바르셀로나를 들렀을 때였다. 시내 관광을 하던 중에 시장에 들러 여러 가지 신기한 과일 구경도 하고 먹거리 골목길을 둘러보기도 했다. 그러다가 다리가 아파서 카페에 앉아 음료수를 시켜놓고 아픈 다리를 쉬었다.

좀 쉬고 나니 힘이 다시 생겨서 신발을 한 켤레 살 요량으로 신발가게를 기웃거렸다. 편하고 쉽게 신을 수 있는 구두를 고르려고 여러 가게를 들러서 신발구경을 했다. 신발 모양이나 가격이 좀 마음에 들면 신어보기도 했다. 여러 차례 신어보고 이리 보고 저리 보며 고민도 해 보았지만 딱 마음에 드는 신발을 찾지 못했다. 이제 신발은 포기해야 할까보다 하고 생각하며 어떤 가게에 들어갔더니 눈에 쏘옥 들어오는 신발이 있었다. 신발 굽도 적당히 높고 신었을 때 발이 편했다. 나의 변형된 발이 쉽게 신발 속으로 빠져들 듯 들어가는 게 신기했다. 높은 발등과 넓은 볼에 잘 맞는 신발 구하기가 어려웠던 탓에 발에 잘 맞는 구두 찾기는 나에게 중요한 일이 될 정도였다. 발이 운동화만큼 편한 구두를 찾아보기 힘들었으므로 그 신발은 더욱 호감이 갔다. 신발 모양이 맘에 드는데다가 신발 표면 무늬디자인도 색달라서 맘에 들었다. 검은색 바탕에 각기 다른 크기의 살구색 물방울 연속무늬, 자주색 물방울 연속무늬, 보라색 물방울 연속무늬들이 줄무늬를 이루고 있었다. 발에 잘 맞는데다가 무늬가 독특해서 신발이 나를 자꾸만 부르는 듯한 착각을 불러일으켰다. 가격을 물어보니 가격도 비싸지 않고 적당했다. 내 발과 잘 맞는 신발을 만나서 기뻤다.

내가 억지로 끼어 맞추지 않아도 되는 그 신발은 나를 편안하게 대해주는 친구 같다.

별 말 없이 가만히 있어도 마음이 전해지고 주변의 공기까지 편안하게 느껴지는 매력이 있다.

발이 편하니까 세상이 다 편안하다. 불편한 구두를 신

고 걸어본 기억이 떠오른다. 사람마다 모양새도 다르고, 크기도 제각각이고, 취향도 가지가지이다. 발이 편한 구두를 골라 신는 일도 이리 어려운데 하물며 세상일이야 더 말해 무엇하랴. 지구 반대편 도시의 뒷골목에서 구두 한 켤레 만난 것에 이리 감동하는 것은 바로 고객 감동 편안함이다. 친구 같은 구두와 나는 한동안 친해질 것 같다

세상 살다 보면 어쩔 수 없이 상황에 맞게 감정을 절제하고 생각을 조절해야 하는 경우를 가끔 접한다. 그렇다고 무조건 참을 일은 아니다. 타인의 생각에만 맞출 일도 아니고 내 생각만 고집할 일도 아니다. 어차피 생각이 일치하기는 어려우니 그 경계선을 서로 잘 더듬어서 덜 다치게 하는 노력을 서로 할 필요가 있다.

미꾸라지 몰이

동네 시장에 갔다. 시장골목을 지나가다가 커다란 고무통 안에 미꾸라지가 요동치는 모습을 보았다. 아저씨는 지나가는 행인들에게 "맛좋은 미꾸라지 사시오."라고 간간이 소리쳤다. 미꾸라지는 통 가장자리까지 기어 나오려고 안간힘을 쓰고 있었다. 지나가던 사람들은 아저씨가 외치는 소리에 발을 멈추고 한 번씩은 미꾸라지 통을 들여다보고 갔다.

시골 논도랑에서 미꾸라지 잡던 일이 떠올랐다.

여름휴가를 맞으면 대개 시골에서 농사짓느라 고생하는 부모님을 찾아갔다. 햇볕이 뜨거워지기 전에 아버지는 논에 가서 잡초를 제거하는 작업을 하였다. 아버지와 어머니가 이른 아침식사를 하므로, 해가 둥실 떠오르는 즈음이면 어머니는 내게 일하고 있는 논까지 새참을 가져오라고 심부름을 시켰다.

울퉁불퉁한 흙 논둑길을 걷다보면 몸이 뒤뚱거리기 십상이었다. 그러면 머리에 이고 가는 함지박이 흔들렸다. 함지박이 조금이라도 기울어지면 나는 깜짝 놀라 멈칫거렸다가 다시 걷곤 했다. 발걸음을 조심해서 디디고 주변을 살피며 걸어야 했다. 조심해서 가느라 새참이 늦어졌지만 도착하니 부모님은 나를 보고 기뻐하였다. 비록 모자라는 솜씨라도 내가 정성껏 차려서 가져간 음식을 즐거워하며 맛보는 모습이 보기 좋았다. 얼굴 주름 사이로 땀방울이 흘러내리고 땀을 닦으며 식사하는 모습이 정겹기도 하고 존경스러워 보였다.

햇살이 강해지는 대낮에는 점심식사를 하고 집 안에서 쉬기도 하고 아버지는 소를 돌보기도 하였다. 밭갈이 할 때 힘을 쓰는 소는 때로는 나뭇짐이나 곡식을 실은 작은 수레를 끌기도 했다. 어머니는 집 근처 밭에 가서 콩밭에 난 잡초를 뽑고 밭을 매기도 하였다. 그리고 돌아올 때 상추를 뜯고, 애호박을 따고, 대파 몇 뿌리를 캐왔다. 그 때마다 어머니의 양말과 신발은 흙범벅이 되어서 왔다. 힘든 논일, 밭일을 몸을 아끼지 않고 평생 해 왔기 때문에 손과 발이 갈퀴처럼 거칠고 햇볕에 그을려서 까맣게 보였다. 그래도 단단해 보이는 그 손과 발이 참 대단해 보이기도 했다.

"운아, 아버님 모시고 미꾸라지 잡으러 가자"

오후에 해가 서쪽으로 가서 그림자가 길어지기 시작할 즈음 놀러온 시누이가 말했다.

나는 여태까지 미꾸라지를 잡아본 적이 없었다. 기껏해야 메뚜기 몇 마리 잡아본 게 다였다. 나는 약간 겁이 나기도 하면서, 동시에 미꾸라지를 어떻게 잡는지 궁금하기도 하여 호기심이 발동했다.

운동화를 벗어놓고 짧은 바지 차림에 어머니의 고무신을 신었다. 시누이는 커다란 양푼이와 손잡이 달린 양동이를 준비했다. 아버지를 따라 우리는 대문을 나와서 왼쪽으로 꺾인 비탈진 길을 올라갔다. 그 길은 자동차 한 대가 겨우 지나다닐 정도로 좁은 길이었다. 올라가는 길 오른쪽에는 작은 벼랑이 있고 벼랑 옆 평지엔 집이 몇 채 바다를 바라보고 있었다. 아버지는 우리를 데리고 작은 고개 너머에 있는 곡강리 논 쪽에 간다고 했다. 며칠 전에 비가 온 뒤라서 미꾸라지가 논도랑에 제법 있을 거라고 아버지가 말했다.

농수로로 쓰이는 도랑에는 물이 흐르고 있었다. 물이 혼탁하여 물속이 제대로 보이지 않았다.

"도랑에 붉은 흙탕물만 흐르고 있는데요? 미꾸라지가 한 마리도 안 보여요."

"미꾸라지는 흙탕물 속에 있지. 진흙 속으로 파고들어

거기서 지내기도 하지. 누가 도랑에 들어가서 미꾸라지를 몰아야 되는데 누가 들어갈 텐가?"

아버지가 물었다. 나는 잠시 망설였다가 말했다.

"아버님, 제가 들어갈게요."

나는 업고 있는 세 살 난 아들을 시누이에게 맡겼다. 그리고서는 바지 가장자리를 좀 더 말아 올렸다. 보릿짚 모자를 눌러쓰고 신발을 벗어놓고 맨발로 도랑으로 내려갔다. 도랑 깊이는 논둑길 위치에서 허리춤보다 더 깊었다. 내가 도랑 바닥에 내려서는 순간, 도랑물이 종아리보다 위쪽까지 차올랐다. 거의 동시에 진흙의 미끌미끌한 느낌이 발바닥 피부로 전해져 왔다. 진흙과 물이 섞여서 느낌이 간지럽기도 하고 기분이 좋기도 했다.

하지만 계속 간지럼만 타면서 서 있을 수는 없었다. 아버지가 촘촘한 그물을 이용해 만든 그물채를 펴고 도랑 아래쪽에 서서 큰 소리로 나를 불렀기 때문이었다.

"거기 서서 발바닥으로 도랑바닥을 긁듯이 하면서 물을 발로 차면서 천천히 내가 있는 쪽으로 걸어오너라. 그러면 미꾸라지들이 내가 있는 방향으로 몰려올 거다."

미꾸라지 후리는 왕초보 수습생인 나는 아버지가 일러주는 대로 도랑 상류 쪽에서 헤엄을 치듯 물을 두 발로 번갈아 차면서, 두 종아리로 굵은 막대기 휘두르듯이 물을 휘저으며 천천히 미꾸라지가 살고 있는 물속 세상에 소용돌이를 일으켰다. 나는 바지에 흙탕물이 튀어서 얼룩이 얼마나 생기는지 모를 정도로 미꾸라지 몰이에 집중했다. 미꾸라지는 나의 거침없는 공격에 놀라 아버지가 기다리며 진을 치고 있는 촘촘한 그물 속으로 도망쳐 갔을 것이다. 흙탕물 속이니 미꾸라지인들 제대로 알아볼 수나 있었을까. 아니면 진흙 속으로 더 깊이 머리를 박고 몸을 박으며 파고들었을 것이다.

아버지는 연신 그물망태기에 미꾸라지가 가득 찰 때마다 퍼내서 양동이에 담았다. 아이를 업고 넓은 논길 가장자리에 서서 구경하던 시누이는, "아유, 운이는 미꾸라지 잡는 선수인가 봐." 라고 놀라워하며 감탄했다.

나는 이렇게 흙탕물 속 보이지 않는 곳에서 자꾸 잡히는 미꾸라지를 보며 놀랐다. 이렇게 잡아도 줄지 않는 미꾸라지는 도대체 어디에 그렇게 많이 숨어 있었을까.

큰 양동이에 미꾸라지가 그득할 때까지 잡고서야 미꾸라지 몰이는 끝났다.

서슬 퍼런 세상을 철퍼덕거리며 몇 번이고 뒤집어지면서도 살아내야 하는 것이 미꾸라지의 삶이다. 엎치락뒤치락 세상에 휘몰리다가, 진흙 도랑 시뻘건 흙탕물 속에 숨어든 그물에 걸리지 않기 위해서 바동거리는 미꾸라지는 온몸이 끈적끈적 생의 비린내를 풍긴다. 비린내는 살아있다는 증표이다.

'뭐든 몰려봐야만 절실함을 알 것이다.' 미꾸라지는 흙탕물을 헤엄쳐 도랑을 따라 도망친다. 그곳에 그물 망태기가 기다리고 있는지를 알 길이 없다. 세상일에 몰린다는 생각이 들 때마다 나는 가끔 미꾸라지의 마음이 되기도 한다.

시누이는 큰 가마솥에 미꾸라지를 넣고 팔팔 끓였다. 달이고 또 달여 미꾸라지는 풀어지고 헤쳐져 진국이 되었다. 식구들은 둘러 앉아 추어탕을 먹었다. 여름 해는 어느 새 지고 서쪽 하늘에 노을이 물들고 있었다. 우리들은 미꾸라지처럼 모기를 피해 이리저리 걸어 다녔다. 나의 뜨겁던 여름 하루는 노을에 젖으며 흘러갔다.

"미꾸라지 사가시오. 맛있어요."

시장 아저씨가 소리친다. 날은 점점 어두워져 가는데 시장에 장보러 나온 사람들이 하나 둘씩 멀어져간다. 싸늘한 기운이 번지는 저녁, 고무통 안에는 미꾸라지가 통 바깥을 나가려고 발버둥이다. 아저씨도 어두워져가는 시장을 빨리 벗어나고 싶어 소리친다.

"미꾸라지 맛있어요. 가족들이 좋아할 미꾸라지 있어요."

바동거리는 걸음으로 나는 시장통을 미꾸라지처럼 급히 빠져나왔다.

월담

동네 중학교 앞을 막 지나가는 중이었다. 교복을 입은 한 소년이 울타리 장벽을 넘고 있었다. 나무와 철망이 엉겨 있는 울타리 너머 다른 남학생이 가방을 받아주고 손을 잡아주느라고 바빴다. 그 둘은 내가 지켜보는지도 모르고 오직 지각만을 면하기 위해, 모험을 하고 있었다. 무모하게 월담한 소년이 건물 입구 쪽으로 멀어져 아예 안 보이게 되자 문득 오래 전 일이 떠오르며 나도 모르게 피식 웃었다.

아침 등교시간 교문지도를 끝내고 동료가 사무실로 들어오며 껄껄 웃었다. 주변에 있던 몇 사람이 의아해하는 얼굴 표정으로 그를 바라보았다.

"글쎄, 내가 교문지도를 끝내고 담을 끼고 걸어오는데

한 놈이 담 위에서 떨어지는 거야. 늦었다고 월담하는 놈을 현장에서 잡은 거지. 몸집이 자그마한 애가 내 앞에 폴짝 내려앉는데 깜짝 놀랐지. 괜찮은지 확인도 해야 하고 누구인지 봐야 했어. "넌 어떤 녀석이냐?"하고 물었지. 꼬마의 대답이 걸작이었어."

나는 그가 어떤 이야기를 꺼낼까 사뭇 기대하며 기다렸다.

"아이고, 아저씨 잘못했어요." 남자애가 이렇게 얼른 사과하더라고 했다.

"이놈아, 내가 아저씨로 보이냐?" 그는 짐짓 웃으면서 다시 물었다.

"어이구 형님, 제가 잘못했습니다."

그는 어이가 없어서 허허 웃고 말았단다.

"내가 이 나이에 꼬맹이한테서 '형님'이란 소리를 들으니 화나기보다 웃음이 나더군."

사십대의 그는 아까의 장면을 떠올리는지 싱글거리며 연신 웃었다. 나도 명랑한 소년이 유발한 상황이 재미있어 따라 웃었다. 어쩔 줄 몰라 하면서 자신의 잘못을 모면하려고 애쓴 사춘기 접어드는 소년의 모습이 떠올랐다. 익숙해지지 않은 이른 아침 등교시간을 지키기 위해 아침부터 땀께나 흘리며 뛰어야 했겠지.

'형님' 호칭 사건은 학기 초라서 일학년 신입생은 아직

학교 교직원 얼굴을 제대로 기억하지 못해서 벌어진 일이었다. 그 애는 월담을 처음 한 게 아니었단다. 몸이 날렵하고 날쌔더란다. 그래도 무리하다보면 다칠 수 있으니 주의를 단단히 주었다고 그 '형님'은 말했다.

나도 여러 번의 월담을 한 적이 있다.

열한 살 쯤에는 친구랑 놀면서 난간에서 뛰어내리기를 좋아했다. 동네 큰 샘터에서 흘러내리는 물은 양이 많았다. 물길을 터주고 사람들이 쉽게 오가도록 동네에서는 대형 콘크리트 관을 묻고 길을 깔았다. 길은 낮은 난간으로 되어 있었다.

나는 친구들과 길 위에서 주로 놀았다. 놀이가 시들해지면 우리는 난간을 뛰어내려 물이 흐르는 터널을 통과하는 내기를 하곤 했다. 원형 콘크리트로 만든 대형 터널은 허리를 깊이 숙이고 지나갈 정도로 공간이 제법 넓었다. 특이한 돌멩이나 물건을 주우면 전리품인 양 밖으로 들고 나와 길가에 놓고 서로 품평을 했다. 터널을 통과하며 놀다보면 으레 옷은 젖기 마련이었다.

어른들은 논밭에서 일하기 바빠서 아이들이 노는 모습을 먼빛으로 지켜보곤 했다. 일하다가 가끔씩 아이들을 챙기기도 했다. 아이들이 큰 탈 없이 노는 일에 어른들은 별 신경을 쓰지 않았다. 옷이 젖어 친구랑 밖에 앉아서 햇볕에 마르기를 기다리며 조잘거리거나 다른 놀이를 준비하기도 했다.

경계를 넘어가는 일은 호기심 때문일 것이다. 터널 안에서 듣는 목소리 울림이 낯설었고, 컴컴한 동굴에서 듣는 물소리가 새로웠다. 지나가는 어떤 어른은 젖은 옷에 흙이 묻고 눈이 까맣게 빛나는 아이들에게 주의를 주기도 했다.

특히 기억나는 월담이 있다. 사춘기 어느 여름 날, 비가 억수로 쏟아지던 저녁이었다. 동네친구랑 다른 마을에 살고 있는 친구 집에 놀러가기로 며칠 전에 약속을 해 놓은 상태였다. 장마가 시작된 지 여러 날이 되어 낮에는 비가 오락가락 했다. 저녁나절이 되자 빗줄기가 굵어지기 시작했다. 저녁상을 물릴 때까지 부모님 눈치를 보다가 한마디 말도 꺼내지 못하고 내방으로 물러갔다.

사방은 빗줄기 쏟아지는 소리로 소란스러웠다. 어둠은 점점 짙어갔다. 나는 시간이 갈수록 초조해지고 아무것도 할 수 없었다. 마음은 이미 집을 떠나 들판을 가로질러 달리고 있었다. 문밖은 이제 불빛 없이는 아무것도 알아볼 수 없는 지경이 되었다.

부모님이 잠든 모습을 확인하고 옆문을 빠져나왔다. 그 문은 부모님이 지내는 안방과는 반대쪽에 있어서 살며시 드나들기 편했다. 옆문을 통과하는 일은 비밀스럽게 외출하는 나만의 월담방식이었다. 평소에 초저녁이라도 집 근처에서 친구와 노는 것은 어머니가 허락해 주었다. 이날에 갈 장소는 내가 사는 동네와 멀리 떨어져 있었다. 강 건너 이웃마을까지 가는 길이 제법 멀기도 하고 날씨도 사나웠다. 어머니에게 얘기해 보았자 허락할 것 같지 않았다.

문밖을 나서니, 사방이 깜깜했다. 아무것도 제대로 보이지 않아 대문 쪽 방향도 감을 잡지 못했다. 장대비가 쏟아지고 천둥 번개가 쳤다. 번개가 번쩍 사방을 잠깐 비추자 출구인 대문방향이 눈에 들어왔다. 골목 길 따라 얼른 이동하기 시작했다. 집근처 동네 친구는 이미 나를 기다리고 있었다. 둘은 함께 강 건너 마을 친구 집을 향해 길을 나섰다.

마을을 벗어나 큰 길에 접어들었다. 우리 마을과 멀어져가니 마을 불빛이 어둠에 묻혀버렸다. 친구와 둘이 평소 다니던 길을 따라 어둠을 헤치고 나아갔다. 마음이 바빠져서 둘이는 좀 먼 큰 길을 버리고 건넌 마을로 통하는 지름길을 찾아 논두길을 택해 걸었다. 제대로 간다고 나아갔지만 자꾸 장애물이 나타났다. 손전등이 있었지만 세찬 소나기에 여린 불빛이 흔들려 눈앞이 잘 보이지 않았다. 게다가 며칠 쏟아진 빗물에 흘러넘쳐 흙탕물이 좁은 길을 타고 시내처럼 흘렀다. 진흙길이 미끄러워 몇 번이고 비틀거리다가 넘어졌다. 비닐우산은 한번 뒤집히더니 제대로 원위치 시켜도 자꾸 바람에 뒤집어져 아예 우산을 접었다.

우린 푹 젖은 신발을 신은 채로 논길인지 논인지 모르는 채 건넌 마을 불빛만 바라보고 나아갔다.

우린 둘 다 참을성 강한 어른처럼 비를 고스란히 맞으며 들떠서 걸었다. 가끔 번개가 쳐서 길을 밝혀주었다. 번개 불빛에 드러난 벼들의 모습은 몽환적이었다. 꿈결처럼 걷는 두 사람 곁에는 파르스름한 벼들이 손을 흔들어댔다. 약간 겁이 나기도 했지만 여린 불빛에 흔들리며 장대비를 견뎌내는 벼들의 모습을 마주하고, 그들과의 신선한 만남으로 가슴이 벅차고 무서움은 줄어들었다.

건넌 마을 가까이 다가가자 흐릿한 불빛 가운데서도 들판의 모습이 아득하게 다가왔다. 장대비에 쓰러지지 않고 비를 맞으며 견디는 벼들이 속으로 여물어가는 것이 느껴졌다. 이 장대비를 건너며 벼의 줄기는 더 굵어지고 단단해져 앞으로 무거워질 벼이삭의 무게를 감당할 것이었다.

한 시간 이상을 빗속을 헤매며 걸어서 이웃마을 친구 집에 도착했다. 친구는 어머니의 허락을 받고 사랑채 작은 방에서 우리를 기다리고 있었다. 나와 동네친구는 물에 빠진 생쥐 꼴로 쪽마루에 올라섰다. 건넌 마을 친구는 큰소리 안 내고 한참 웃었다. 그리고는 자기의 여벌옷을 꺼내어 빌려주었다.

"너희 둘이 참 대단하다. 이 빗속을 뚫고 오긴 왔네."

옷에서 물이 뚝뚝 떨어져 몇 번 비틀어 물을 짜냈다.

나는 젖은 옷을 벽 붙박이 옷걸이에 걸어 말렸다. 우리는 처음에는 손으로 하는 동작게임을 하다가 카드게임을 잠시 했다. 시간이 지나면서 듣거나 책에서 읽은 전설이나 무서운 이야기를 돌아가며 하며 한밤의 분위기를 고조시켰다. 한 친구는 입담이 좋아서 그럴싸한 이야기를 지어내 들려주곤 했다. 그 당시 우리는 사춘기 아이들답게 간담을 써늘하게 하는 이야기로 무서움에 속으로 떨면서도 담력 테스트하는 놀이를 즐겼다.

앞으로의 계획도 조금씩 말하며 모자라는 지식을 나누었다. 그러다가 어느 새 깜빡 졸았다. 눈을 떠보니 새벽이 뿌옇게 밝아오고 있었다. 서둘러 일어섰다.

부모님이 아침에 눈치 채기 전에 일찍 귀가하여 시치미를 떼려고 했다. 집에 도착해보니 어른들은 이미 일어나 집안일 하느라 분주히 움직이는 중이었다. 어머니는 대문을 들어서는 나를 보더니 냅다 달려왔다

"아침부터 어디를 그렇게 빨빨거리며 다녀오느냐."

어머니는 일부러 큰 목소리를 꾸며 나를 꾸짖었다. 평소에 순하기만 한 어머니는 눈알을 굴리며 혼냈다. 나의 대답을 기대하는 눈치도 아니었다.

어린동생을 돌보는 일이 그동안 해오던 나의 아침일과였기에 어머니는 아침부터 내 방문을 열고 나를 불러내려고 찾아보았을 것이다. 내 모습이 보이지 않아 순간 어머

나는 아버지의 나에 대한 불호령을 누그러뜨릴 궁리를 했을 것이다. 곰살스럽지도 않고 만만하지도 않은 이 부녀를 어찌해야 할까 고민했을 것이다.

아버지는 어머니의 염려를 읽었는지 별 말이 없이 나에게 바로 집안일을 시켰다.

"애에게 밥 먹고 일하도록 하는 게 좋겠어요."

아버지의 눈치를 보며 어머니가 내 편을 살짝 들었다.

"밥 때 제 자리 안 지킨 것은 본인 책임이야."

아버지는 흔들리지 않았다. 엄격한 아버지의 말에 좀은 서운했다. 그래도 내 잘못을 충분히 깨닫고 있었으므로 크게 억울하지는 않았다. 배고픔을 그다지 느끼지도 않았다. 벌은 달게 받는 게 맘이 편했다.

나는 번개치고 천둥치던 날 밤 장대비 맞으며 논길을 걷다가 마주친 들판의 벼들 모습을 잊지 못한다. 환한 낮에 보던 벼들, 햇볕에 잘 자란 벼들을 보아오다가 새로 만난 밤의 벼들이 보여준 다른 모습에 어린 영혼이 눈을 뜬 시간이었다.

아득한 미래는 푸른 꿈을 꾸는 설레는 시간이기도 하겠지만 가난한 시골 농촌의 사춘기 아이에게는 알 수 없는 답답한 미래이기도 했을 것이다. 그런데 그날 밤에 만난 다른 모습의 벼들은 나에게 몸짓으로 새로운 길을 전했다.

벼들이 깜깜한 들판에서도 제 모습 잃지 않고 두들겨

패는 듯한 장대비에도 온몸 꿋꿋하게 세우고서 번개에 가끔 자신을 드러낼 뿐 보이지 않는 어둠 속에서 잘 견디고 있었다. 밤의 터널을 건널 때에는 캄캄하지만 그 터널은 내가 통과해야하는 길이기도 했다.

잠자야 할 취침시간이라는 담을 넘어, 부모님의 무언의 규칙을 넘어, 내가 발을 내디딘 그 여름의 들판과 논둑길을 걸어간 일은 어둡지만 길이 있고 또 다른 세계가 있음을 예감하는 경험이 되어주었다. 새로운 것에 대한 불안함과 두려움 너머에는 새로운 세상으로 통하는 터널이 있음을 깨닫게 해주었다.

틀을 깬다는 것은 다른 경험, 문화로 담을 넘어가는 일이다. 현재를 넘어 미래가 되고 이방인이 되는 것이다.

고등어 추어탕

오늘도 친구와 함께 '○○추어탕'집에 갔다. 일요일이라 대부분의 식당은 휴업을 했다. 이 집은 언제 휴일이냐고 했더니 토요일에 쉰단다. 주변에 영업중인 식당이 별로 없어서인지 손님들이 계속 늘어갔다.

주인장이 마음씨가 넉넉한지 식탁 위에 먹음직스러운 반찬을 풍성하게 내놓았다. 그 중에 튀긴 추어도 한 접시 끼어 있었다. 통추어를 아삭아삭 씹어 먹으며 식감을 즐겼다. 이어서 시래기가 듬뿍 들어간 추어탕이 나왔다. 뜨거운 탕을 천천히 먹으며 맛을 음미했다. 추어탕을 먹으면서 가끔씩 고등어 추어탕을 떠올린다.

첫 아이를 가져서 입덧이 심하던 어느 날이었다. 갑자기 추어탕이 몹시 먹고 싶어졌다. 요즘에는 미꾸라지를 수

입하기도 하고 양식업이 발달해서 미꾸라지를 사계절 맛볼 수 있는 시절이 되었다. 그날 근처 동네 식당을 이곳저곳을 찾아다녔으나 추어탕 파는 집을 찾지 못했다.

하는 수 없이 내가 직접 요리할 요량으로 미꾸라지를 사러 시장에 갔다. 요행을 바라며 여러 군데 돌아다녔으나 결국 시장에서도 미꾸라지를 찾지 못하여 안달이 났다.

"지금은 미꾸라지 나는 철이 아니라오."

어시장 생선가게 아주머니의 말을 듣고서야 포기해야 했다. 하지만 추어탕 먹고 싶은 마음을 억누를 수가 없었다. 시누이에게 전화해서 사실을 말했더니, "그렇게 먹고 싶으면 미꾸라지 대신 생 고등어를 넣어서 탕을 만들어서 먹어 보렴." 하고 권하였다. '그렇구나, 그런 방법이 있었구나.'

추어탕을 하도 먹고 싶어서, 추어탕 대신 고등어를 사서라도 요리해보고 싶어졌다. 생선가게에 가서 중간 크기의 고등어를 세 마리 샀다. 먼저 고등어를 삶아서 뼈를 추려내고 으깨어서 다시 시래기와 양념을 해서 푹 끓였다. 맛을 보니 정말 내가 찾던 그 맛이 나왔다. 기억하던 추어탕 맛과 매우 비슷하였다. 얼마나 맛있게 먹었던지 4인분짜리 냄비에 끓인 탕은 거의 바닥이 날 정도였다. 특별한 솜씨가 없었던 내가 그렇게 맛있는 고등어탕을 끓였다는 것이 나 스스로 무척 감격스럽기도 했다.

'꿩 대신 닭'이라는 말이 기억났다.

어떤 일을 처리하기 위해서는 꼭 필요한 재료가 있어야겠지만 사정상 어려운 경우에는 차선책을 쓰는 방법이 있는 것이다. 고수하고 고집하는 것이 필요한 일이나 여건이 안 될 때에는 그보다는 좀 모자라지만 대안을 내서 일을 해내는 것도 필요하다. 융통성이라든가 유연성이 필요한 일들이 세상에 참으로 많다. 다양한 방법을 찾아보는 눈과 귀, 생각이 많을수록 보다 나은 결과를 예상해볼 수 있을 것이다.

돼지몰이

'돼지몰이'라는 말을 들어본 적이 있는가.

내가 그 어휘를 처음 듣고 먼저 떠올린 모습은 돼지를 키우는 주인이 밥을 주려고 어슬렁거리는 돼지들을 돼지우리 한쪽으로 모으는 모습이었다. 그것은 나의 상상이나 예상과는 전혀 다른 일종의 놀이이고 운동처럼 보였다.

돼지를 키우는 농장을 본 적이 있다. 우리 안에서 자라는 돼지는 생각보다 통제가 잘 안 되었다. 돼지가 어디로 튈지 모르므로 가느다란 긴 막대기를 들고 돼지가 엉뚱한 방향으로 가면 막대기로 제지했다. 말이 안 통하는 짐승이다 보니 사람이 정해 둔 방향으로 보내기 위해서 우리 밖에서 일정한 방향으로 가도록 돼지 옆에서 속도를 조정하며 그 주변에 머물렀다.

체육대회 날, 경기종목 중에 돼지몰이가 있었다. 처음 듣는 종목이라 어떻게 진행되는 경기인지 궁금했다. 우선 '돼지몰이'라는 용어가 무척 신기하고 궁금증이 발동했다. 그 운동을 고안해낸 사람은 참으로 친근하고 재미있는 어휘를 선택한 셈이다. 어른인 나까지도 솔깃하게 만들고 한 번 참여해보려는 마음을 도발하고 있었기 때문이다.

돼지몰이 경기 방식은 네 명이 한 조가 되어 양손에 고무밴드를 들고 오른쪽과 왼쪽에 선 옆 사람이 그 고무밴드를 잡고 원을 만든다. 그렇게 한 뒤, 럭비공을 굴려 목표지점을 반환해서 돌아오는 식이었다. 럭비공이 네 사람이 만든 원을 벗어나면 세 사람은 멈춘 뒤 한 사람이 달려가서 공을 손으로 잡아 원안에 두고 다시 경기를 시작해야 한다.

럭비공은 타원형이라 발로 차면 일정한 방향으로 굴러가지 않는다. 어느 방향으로 튈지 알 수 없는 럭비공을 굴리기란 쉽지 않다. 럭비공을 조심스럽게 살짝 차면 공이 멀리 못가고 발 앞에서 혼자 맴돈다. 럭비공을 조금 세게 차면 원 밖으로 달아난다. 네 사람이 만든 테두리 원 안에서 럭비공이 머물고 그 공을 잘 굴려서 목표 반환지점까지 가려면 네 사람의 협력과 집중력이 모아져야 한다. 럭비공의 섬세한 반응에 신경 써야 하고 자칫하면 달아나는 럭비공의 들쑥날쑥한 성질을 잘 꿰고 대응할 필요가 있다.

드디어 우리 팀 차례가 되었다. 나는 팀원들과 잘 조화하고 협력하려고 결심했다. 그러나 마음이 앞서가기 시작했다. 경기를 빨리 진행하고 싶은 욕심이 앞서다 보면 럭비공을 자기도 모르게 세게 차버리게 되어 럭비공이 네 사람이 만든 원 밖으로 굴러가버리기 일쑤였다. 공이 원 밖으로 나갈라 치면 얼른 네 명이 재빨리 움직여서 공을 테두리 안에 두려고 노력해야 했다. 때때로 럭비공을 테두리 안에 머물게 하려고 공에 집중한 나머지, 네 사람은 반환지점과 동떨어진 곳으로 멀어지기도 했다.

방향을 잘 잡고 네 사람이 서로 협력하여 탄력이 일정하지 않은 타원형 럭비공을 제대로 굴려서 가는 일이 힘들었지만 재미있었다. 자신의 실수에, 옆 사람의 실수에 웃기도 하고 응원하기도 하면서 럭비공 몰아가기에 열중했다. 럭비공이 예상하지 않은 방향으로 돌발적으로 튀어 오르는 경우가 잦아서 네 사람을 끝까지 긴장하게 하였고 다음 팀에게 인계하고 나서는 까다로운 공으로부터 벗어난 자유로움을 만끽할 수 있었다.

돼지몰이 경기는 특히 목표지점을 곁눈질 하면서 네 사람이 각자 방향감각을 유지하고 공이 가끔 멋대로 튀어도 당황하지 않고 곧 공을 발로 패스하며 가야 했다. 그것은 짧은 시간에 매우 집중력을 발휘하게 하는 놀이였다. 게다가 협동과 자기 평형감각이 잘 조화가 되도록 하는 훈련이 되기도 하였다.

처음해보는 돼지몰이 경기는 운동을 통해서 스텝이나 공을 찰 때의 힘 조절, 상대방과의 패스 협력 등을 단련해 주는 좋은 스포츠라 생각되었다.

사춘기 아이들이 럭비공과 같다는 말을 들은 적이 있다. 신체적으로 한창 자라는 시기인데다 심리적으로 독립을 시작하는 시기라서 돌출행동이나 돌발행동을 자주 일으키기도 한다. 아무래도 호르몬 분비가 균형을 이루지 못하다 보니 자기도 모르게 돌출행동을 보이기 쉽다.

평소에 자제력이 강하거나 스스로를 조절하는 능력을 어릴 때부터 훈련해 온 경우는 덜하지만 대개 그 시기에는 전에는 안 하던 행동양상을 드러내 보인다. 주변의 어른들은 때론 놀라기도 하고 걱정하기도 한다. 어른들은 사춘기 아이에게 따듯한 관심을 가지고 꾸준히 지켜봐 주면서 사회규범이나 규칙을 벗어나지 않는 테두리 안에서 상식적으로 생활할 수 있도록 도와줄 필요가 있다. 그러다 보면 어느 사이 사춘기를 벗어나는 시기에 이르게 된다. 어느 시점까지 가면 스스로의 행동이나 생각을 조절하는 힘이 생기게 되므로 그때까지 아이를 믿고 따뜻한 관심을 계속 보여줄 필요가 있다.

돼지몰이 경기를 통해 짧은 인생경험을 해본 것 같다.

세상을 살아가는 일이 힘들기도 하고 즐겁기도 하다. 돼지몰이의 럭비공처럼 발 앞에서 빙빙 돌거나 조금 세게 찼다가 엉뚱한 방향으로 마구 굴러가버리는 주변의 일들이 성가시기도 하고 답답하기도 하다. 그럼에도 집중하고 협력하여 닥친 문제를 조금씩 때로는 천천히 풀다보면 잠시의 긴장감이나 전율을 느끼기도 한다. 또한 문제로부터 잠시 해방되기도 하는 것이다.

돼지몰이 놀이는 한바탕의 즐거운 경험이었다.

최근에는 멧돼지가 자주 인가에 출몰하여 사람들을 놀라게 하는 경우를 뉴스로 접했다. 산에서 자라는 야생돼지는 통제하기 쉽지 않아 지방정부도 골머리를 앓고 있는 사안이었다. 게다가 돼지열병을 옮기는 숙주로 지목되기도 해서 더욱 관리가 쉽지 않은 상태였다.

'돼지몰이' 경기를 체험한 후의 느낌은 각별했다. 럭비공이 나라면, 돼지가 나라면 나는 방향을 어떻게 잡아나가야 할 것인가. 누군가의 통제에 의한 것이 아니라 좌충우돌하며 내가 살아온 길이 돼지몰이의 럭비공처럼 제멋대로 나아갔다가 비켜갔다가 했다. 그러는 중에 흔들리고 방황했다. 이상을 좇고자 애쓴 지점이 돼지몰이의 럭비공이었다.

잡으려고 노력해도 잡을 수 없는 야성이 문학이 아닌가. 나는 끊임없이 뭔가를 추구하며 방향감각을 잃고 헤매지 않았던가. 돈이나 명예를 위해서 럭비공처럼 자신을 휘두르지 않았던가. 문학을 앞세워 심신이 피로해지도록 자신을 내두르며 얼떨떨하게 만들지 않았던가. 문학의 본질을 알려고 방황하며 낑낑거리지 않았던가. 자유를 쟁취한다는 미명하에 삐딱하게 나가고 싶은 자아의 본성을 따르는 것이 아니던가.

외눈박이 하얀 개

공원을 산책하는 중에 개 한 마리를 만났다. 짧고 윤이 나는 검정색 털을 가진 개였다. 가까이 다가가서 보니, 개는 헐떡거리고 있었다. 그 개는 입에 테니스공을 물고 있었다. 개 주인은 운동복 차림을 한 키가 큰 아주머니였다. 아주머니의 머리카락이 옅은 갈색이었는데 어깨에 닿는 단발머리 정도의 길이였다. 내가 좀 더 가까이 다가갔더니 아주머니는 개를 훈련시킨다고 말했다. 검정개는 몸집이 제법 컸다. 개는 평상시에도 운동을 많이 했는지 몸의 생김새가 날씬하고 날렵하게 보였다. 개는 계속되는 달리기 훈련 때문에 힘들어 보였다. 개는 주인을 올려다보며 입을 벌리고 헐떡거리며 침을 흘리고 있었다. 좀 쉬게 해달라고 간청하는 눈빛이었다. 그러나 주인아주머니는 몇 번 더 공을 던졌고 개는 훈련을 통해서 자신이 그렇게 해야만 한다는 것을 깨달은 아이처럼 부지런히 뛰어가서 공을 주워 물고 다시 주인에게로 달려왔다. 난 그 개가 불쌍하다는 생각이 들었다.

어떤 과학자는 개가 늑대의 후예라고 했다. 북쪽 변방 추운 지방을 누비며 먹이를 찾던 배고픈 늑대를 인간이 집에서 기르기 시작하면서 사람들하고 친해졌고 점차적으로 가축으로 변해 갔다는 것이다.

집을 지키는 개들은 대개 몸집이 큰 개였다. 몸집이 큰 개는 보기에도 무섭게 느껴졌다. 단독주택에 홀로 사는 사람들은 안전을 위해서 큰 개를 키우기도 한다. 오늘 만난 개는 몸집이 조금 큰 흔히 볼 수 있는 개였다.

마트에 장을 보러 가면 자주 마주치게 되는 곳이 애완견 코너였다. 한쪽에는 강아지들이 다양하게 생긴 아늑한 공간에 두어 마리씩 수용되어 장차 만날 주인을 기다리고 있었다. 다른 한쪽에는 개들에게 필요한 먹이부터 미용재료까지 다양하게 진열되어 있었다.

개들은 사람에게 길들여져서 그 충직함으로 주인을 섬기는 경우가 많다고 한다. 그러나 사람만큼의 지능을 지니지 못해서 때로는 주인으로부터 버림을 당하기도 한다. 그런 소식을 들을 때는 개들이 가련하다. 주인은 개를 버리고 나서 개의 생사에 대해서 잊어버릴지라도 개는 그렇지 않다. 개는 한 번 주인은 영원한 주인이라는 인식을 하는 본성이 충직한 동물이기 때문이다.

어느 날 빨래방에서 위엄을 갖춘 개를 만났다. 며칠 날씨가 스산해서 빨래가 쉬이 마를 것 같지 않은 날씨가 이어졌다. 두꺼운 외투 몇 벌과 이불 빨랫감을 가지고 빨래방으로 갔다. 빨래방에는 세탁기가 크기가 다른 것들이 세 가지 종류로 작은 것, 아주 큰 것 각각 4대, 많이 사용되는 중간 크기는 6대가 빨래방 가운데 설치되어 있었다. 출입문 반대쪽 벽에는 건조대가 크기가 다른 3종류가 6대씩 아래, 위로 설치되어 있었다.

나는 이불 따로, 옷 따로 세탁기에 넣고는 세제를 넣고, 동전을 넣은 후 시간을 맞추고 작동시켰다. 그리고 나서 빈 의자에 앉아 잡지를 읽기 시작했다. 그러다가 문득 무슨 소리가 난 것 같아 눈을 들었다.

이삼 미터 앞쪽에 왼쪽 눈이 없는 개 한 마리가, 오른쪽 눈을 똘망똘망하게 뜨고 내 쪽을 바라보는 게 눈에 띄었다. 그 개는 하얀 털을 가진 몸집이 큰 개였는데 순해 보였다. 개 주인인 여자는 나이가 많아 보였다. 어림잡아 육십 대 가량 되어 보였다. 그 여자는 몸집이 무척 컸다. 긴 머리카락을 뒤로 넘겨 지바고스타일로 묶은 채 의자에 앉아서 책을 읽고 있었다. 그 곁에 그림처럼 단정하게 앉아서 다른 사람들을 바라보는 개의 눈과 내 눈이 딱 마주

쳤다. 내가 여자한테 물었다.

"개가 언제 눈을 다쳤어요?"

"강아지 때 데리고 올 때 이미 눈이 다친 상태였어요."

"개가 영리해 보이는군요."

"네, 훈련학교에 다녔어요. 영리해요."

여자가 일어나서 세탁기 쪽으로 가니까 개도 그녀를 따라서 갔다.

"여기 앉아서 기다려."

개는 내 쪽을 한 번 쳐다보더니 주인여자가 시키는 대로 그녀 곁에 앉았다. 조금 있으니 여자가 일어나서 세탁기에서 빨래를 꺼내서는 건조기에 넣기 시작했다. 그러자 개는 그녀 옆에서 일하는 것을 한쪽 눈으로 진지하게 구경했다. 그 개는 마치 그녀의 친구 같기도 하고 가족 같기도 한 느낌이 들었다.

"같이 지낸 지가 얼마나 되었나요?" 내가 물었다.

"한 오년 되었어요. 정이 들었지요." 여자는 웃으며 개의 등을 쓰다듬어 주었다.

마음씨가 좋아 보이는 여자 곁에서 개는 얌전히 앉아서 자기 주인이 일하는 것을 가만히 바라보고 있었다. 여자와 개는 그림의 한 장면처럼 잘 어울렸다. 개가 나를 보고는 웃는 거 같았다. 개의 양쪽 입 끝부분이 말려 올라가면서 웃는 모습을 보니 개가 기분이 좋아 보였다. 나도 미소를 지어보였다. 개 주인 여자가 개에게 따뜻하게 잘 대해주는 모습이 보기에도 좋았다. 개도 주인을 잘 만나야 개 대접을 잘 받을 수 있는 거 같다. 가족처럼 챙겨주고 뭔가를 말로 해주면 개는 따라다니기도 하고 잠시 기다리기도 하는 모습이 사람이 말귀를 알아듣는 것처럼 보였다.

여자가 빨래를 건조기에서 꺼내서 탁자위에다 놓고 옷감을 개기 시작하자 개는 그녀 곁에서 일하는 모습을 구경하기 시작했다. 비록 한쪽 눈이 없지만 다른 한쪽 눈으로 지켜보면서 주인이 일을 끝내기를 기다리면서 가끔씩 웃는 모습으로 주변을, 나를 쳐다보곤 했다. 영리하고 착해 보이는 그 개가 계속 행복하기를 나는 바랬다. 한쪽 눈을 못 보는 가련한 개를 강아지 때부터 키우며 데리고 있는 여자도 개와 함께 잘 지내기를 바랐다. 아무도 돌보지 않는 동물을 가족처럼, 친구처럼 돌보고 사이좋게 지내는 모습이 따스하게 와 닿았다. 충직한 그 개가 선량한 주인여자 곁에서 비록 한쪽 눈은 없지만 건강한 오른쪽 눈으로 따스한 겨울 햇볕을 쬐고 기분 좋은 눈빛으로 껌뻑거리길 바랐다. 가끔씩 눈발이 내리는 날이면 커다란 몸집을 일으켜서 몸을 흔들어 하얀 털을 눈발과 함께 흔들어대며 즐겁게 살아주기를 바랬다.

내가 외눈이라면 강아지는 나를 어떻게 생각할까. 그저

눈이 하나인 사람이구나 하고 가볍게 생각하겠지. 나를 바라보는 사람들은 한눈으로 보는 나의 세상은 좁다고 생각할 것이다. 세상을 잘 모르고 세상을 삐딱하게 보고 좁은 곳에 갇혀 지내는 불쌍하고 특이한 사람으로 간주할 것이다. 눈만 하나 없을 뿐인데, 사람들은 내가 능력이 부족하고 행동이 이상한 이방인으로 바라보기 쉽다. 한쪽 눈으로 보는 세상은 크기는 두 눈으로 보는 세상의 크기와 다를 바 없는데도 말이다.

한쪽 눈으로 보는 세상은 좀 흐릿하고 가깝고 먼 거리를 제대로 볼 수 없다. 그것은 나의 불편함일 뿐이다. 한 눈으로 보든 두 눈으로 보든 세상은 변하지 않는다. 외눈으로 내가 세상을 바라본다고 세상이 달라질까. 색깔도 변함없이 그대로일 것이다. 한쪽 눈이 두 눈의 역할을 하느라 더 명쾌하고 더 초롱한 눈빛으로 세심히 볼 터이다. 때로는 더럽거나 고약한 것을 덜 보는 행운도 누릴 것이다.

주인 없는 늑대개는 무서워

근무 중인 외국인 여자가 점심시간에 급히 외출을 서두르고 있었다. 이유를 물으니, 집에 있는 애완견이 문을 두드리고 하도 짖어서 이웃 사람이 연락을 했다고 하였다. 동료가 여자의 집을 함께 갔다가 일터로 돌아온 후에, 낮은 소리로 말하기를, 개가 병이 난 거 같아서 병원 다녀왔다고 했다. "그런데 말이야. 우리가 흔히 볼 수 있는 작고 귀여운 개가 아니야. 몸집이 큰 개였어. 이웃 사람이 내게 불만을 말하더라. 난 하소연 들어주느라고 혼났어."

"집안 청소를 잘 안하는지 개털이 문밖까지 날려 나와서 복도가 지저분해요. 개가 가끔 짖으면 내 가슴이 벌렁거리고 무서운 생각이 든다니까요. 개 주인이 출근하고 나면 출입문을 두드리며 짖어서 낮에도 조용히 지낼 수 없을 지경이에요. 저렇게 큰 개를 공동주택에서 키우면 어떻게 해요? 원래 공동주택에서 애완동물을 키울 수 없지 않나요?"

외국인 여자는 개를 치료하고 나서 결국 단독주택에 사는 지인에게 개를 보냈다고 했다. 주인이 출근하고 없는 집에서 말 못하는 개가 몸이 아프면 소리를 질러서 멀리서라도 주인을 불러야 했을 것이다. 한 때 산야를 쩌렁쩌렁 울리던 조상의 우렁찬 목소리를 물려받은 개는 고통 중에 크게 부르짖었을 것이다. 일반 공동주택에서는 서로 벽을 끼고 사는 사이라서 대형견이 소리치면 이웃에 들리기 쉽다. 이웃들은 말 못하는 짐승이 문을 발로 차면서 고통에 못 이겨 짖어대는 울음소리를 오랜 시간 듣고 있는 동안 고통스러웠으리라.

내가 서울 근교에 사는 친구의 집을 방문했던 적이 있다. 그 친구는 큰 길에서 차를 타고 한참 들어간 외딴 지역 단독주택에 살았다. 그의 집 외에 이웃이 한 집 있었다. 친구 집에 도착하자 제일 먼저 나를 반긴 것은 커다란 개(늑대개, 시베리안 허스키)였다. 내가 늑대를 상상한다면 바로 그러한 모습이라고 말할 정도로 크고 잘 생긴 개였는데 덩치가 커서 일단 내가 위압감을 느낄 정도였다. 물론 큰 개는 나를 보고 한 두 번 킁킁 했을 뿐, 주인이 멀리서 한마디 하자 이내 조용해졌다. 현관에 들어서니 방

안에는 작은 개들 대여섯 마리가 우르르 내게로 뛰어왔다. 나에게 강아지로 보일 정도로 몸집이 작은 개들은 나를 졸졸 따라다니며 냄새를 맡기도 하고 내가 벗어놓은 옷을 물기도 하였다. 나는 작은 개들을 잘못 건드려서 개에게 깨물릴까봐 조심스럽게 방안을 거닐다가 소파에 앉았다. 친구는 나에게 한 마리 가져가도 된다고 말했다.

그러나 나는 개를 키우는 일은 내키지 않았다. 개를 무서워하여 가까이 하지 못하는 편이었기 때문이었다.

어느 날 그 친구 집에 다시 다니러 갔을 때였다. 친구는 이웃집 사람들 때문에 힘들다고 말했다. 이유는 친구가 집에 있는 동안에는 큰개가 온순하게 잘 지내는 편인데, 친구가 며칠 집을 비우는 날이면 밤에 큰개가 짖어서 이웃 사람들이 잠을 이루기 힘들다고 하소연 한다는 것이었다.

"이웃 아주머니 말이, 조용한 시골 외진 곳에서 밤에 저 개가 큰 소리로 짖어대면 미칠 정도로 괴롭다고 했어. 이웃 아주머니는 자기 남편이 아침에 일하러 가야 하는데 밤새 잠을 잘 못 이루니까 생활에 지장이 올 정도라서 저 개를 다른 곳으로 보내라는 거야."

사실 친구가 자기가 집에 있을 때는 그런 일이 없으니까 상황을 잘 모르겠단다.

"하지만 이웃 사람이 일부러 그렇게 말할 리는 없잖아? 쟤를 어디 다른 곳에 맡겨야 할까봐. 저 애랑 정이 많이 들었는데."

친구는 고민에 빠져 심각하게 말했다. 그 친구는 깊게 고민한 끝에 결국 잘 돌보아줄 지인에게 큰 개를 맡겼다고 했다.

마을과 동떨어져 외진 곳에서 살아가려면 외부 침입자들의 근접을 막아줄 큰 개가 필요할 것이다. 그러나 이웃집이 근처에 있을 때에는 개 주인이 며칠씩 출타를 하게 되면 외로운 개는 주인을 기다리며 짖어댈 것이다. 개도 측은한 짐승이기도 하고 종일 고된 노동에 시달린 이웃집 사람들은 밤새 컹컹 크게 울부짖는 개 소리에 시끄러워 밤잠을 설칠 것이다. 또 겁이 많은 사람은 짖는 소리에 두려움을 느낄 것이다. 고요하고 어두운 밤, 바람이 불고 스산한 밤이면 개가 짖는 울음소리는 애간장을 끊기에 충분할 것이다. 타인과 더불어 살아가는 일이 생각만큼 녹록하지는 않는 시절이다.

크고 무서운 개가 이웃과 불협화음을 내지 않고 사람과 잘 지내는 방법은 없을까. 그것은 개가 제대로 훈련받는 일일 것 같다. 몸집만으로도 충분히 위협적인 큰 개는 보기만 해도 몸이 움츠러든다. 개는 하품하느라 입을 몹시 크게 벌리기도 하는데, 날카로운 이빨이 다 드러나 보이는 순간 보는 사람은 심리적으로 위협을 느껴 위축되고 비명을 지르게 된다. 개는 사람의 비명에 놀라서 공격적인 자세를 취할 수 있다. 개에 대해서 좀 더 잘 배우는 기회가 있으면 이러한 상황을 맞을 때 도움이 될 것이다.

개를 키운다는 것은 버릇이 낯선 동물을 다루는 일이다. 개 주인은 잘 교육 받아서 개의 특이한 행동을 이해할 수 있겠지만 지나가는 행인은 개의 외면적인 공격으로 보이는 행동을 이해를 못할 뿐만 아니라 생명의 위협을 느끼며 대응 공격 자세를 취하게 된다.

반려견이 늘어나는 추세이므로 개와 친하지 않은 일반인에게도 주의사항이나 특이사항을 교육할 필요가 있다. 개의 입장에서는 인간이 개를 공격하는 것이다. 사람이 외로움을 달래려고 또는 낯선 침입자에게 경고하려고 몸집이 큰 개를 키우는 경우가 많다. 개를 위해서가 아니라 자신의 안위를 위해서 개를 키우는 경우가 대부분이다. 개는 억울할 수도 있는 대목이다.

인간과 멀리 떨어져서 야생에서 자유로이 지내고 싶은데 인간세계로 끌려와서 훈련받고 인간의 길동무가 되어주고 있는 것이다. 개가 자발적으로 기꺼이 인간의 손발이 되고 친구가 되고자 애쓴 적이 있을까. 잡혀온 이후에 개는 생존방식이 음식을 제공받고 어울려 살면서 인간에 적응되어 간다. 거기에 자신이 머물 수밖에 없다는 것을 약간의 사고를 지닌 큰 개는 인지하고 받아들이는 것이다.

더불어 잘 살기 위해서는 이웃에게도 큰 개의 습성에

대해 알려줄 필요가 있다. 개를 키운다는 것은 나의 개를 잘 알고 잘 다루는 것도 포함되지만 내가 개를 데리고 사는 동안, 이웃에게 개의 존재와 개의 습성을 공감시키는 노력도 필요할 것이다. 개를 키우는 동안 사람뿐만 아니라 다른 동물에게도 친절을 베풀고 정을 나누는 기쁨을 경험하게 되므로 개는 귀한 인연이 되기도 한다.

3부

주홍, 꽃밥

가설무대 소녀가수

열차를 타고 춘천에 친구와 여행을 갔다. 소양강변에 세워져있는 춘천의 명물 '소양강 처녀상'을 보러갔다. 비 온다던 날씨가 점차 개고 구름이 듬성듬성 뜬 하늘 아래로 강물이 의연히 흐르고 있었다. 주변은 고즈넉하고 한가했다. 키 작은 나무들과 잔잔한 바람이 처녀상의 친구가 되어주었다. 소양강 처녀상은 치마, 저고리를 입고 왼손에는 갈대 한 가지를 쥐고 서있었다. 치맛자락은 바람결에 일렁이는 모습으로 사선으로 주름이 져서 생동감 있어 보였다. 바람이 잎을 흔들고 처녀의 마음도 흔들었을 터였다. 주변에 여름 꽃들이 만발하여 화려했다. 꽃들을 배경으로 처녀상은 더 애잔하게 기다림을 연상하는 모습을 발했다.

내가 처음 배운 유행가는 소양강 처녀다
누가 가르쳐준 건 아니다
열한 살 추석 때
시골 동네 가설무대에 사촌언니가 올랐다
아코디언 반주에 맞춰 언니가 부른 노래
난생 처음 들은 노래는
언니의 입술에서 한 소절씩 구름처럼 피어올랐다
어스름 저녁공기를 타고
석양을 타고
언니의 사뿐거리는 자태와
구슬픈 낭랑한 목소리가
하늘거리며 뭉클거리며 내 귀로 가슴으로
날아들었다 스며들었다
언니는 나의 영원한 소양강 처녀로
상글거리며 때때로 노래 불렀다
내가 힘들 때도 슬플 때도
언니는 달려와 석양을 등지고 노래를 불렀다
언니가 아줌마가 되고
내가 아줌마가 되어서도

언제나 소양강 처녀로 돌아가
수줍은 모습으로 석양을 지고
소양강 처녀를 부르곤 했다

〈소양강 처녀〉 전문, 권순자

큰 동네 한 가운데는 여름 장마철이면 개울물이 넘쳐흘렀다. 우기가 끝나면 개울물은 작은 물줄기로 변해 흘렀다. 그러면 커다란 공터가 시내 한쪽에 생겨났다. 거기서 아이들이 뛰어놀거나 어른들이 한꺼번에 일을 단체로 치를 때는 공터를 이용했다. 추석명절이면 민속놀이를 즐겼다. 또 다양한 프로그램이 운영되기도 했다. 그중에서도 노래자랑이 인기 있었다. 공터 좋은 자리에 가설무대를 높이 설치하고 다양한 상품도 있어서 노래를 좋아하는 사람들은 이참에 자랑도 하고 상품도 타보는 일석이조의 즐거움을 기다렸다. 나는 친구와 근처에서 놀면서 무대를 지켜보았다. 그런데 어느 순간 언니가 무대 위에 올라 있었다. 평소에 언니가 노래 부르는 모습을 별로 보지 못했는데 단상에 올라간 모습을 바라보니 언니가 무척 대단해 보였다. 나는 힘껏 응원의 박수를 보냈다. 드디어 언니가 노래를 시작했다. '소양강 처녀'의 노래는 언니의 목소리를 타고 햇살 밝은 동네 넓은 공터를 휘돌아 강물을 타고, 바람을 타고 주변을 헤치며 퍼져나갔다. 애잔하고 청아한 목소리가 오후 공기방울을 쳐내어 가면서 내 귀에까지 달려왔다. 구슬픈 곡조와 노랫말이 사춘기 소녀의 마음을 흔들며 지나갔다. 언니는 어느 덧 소양강 처녀로 치마를 바람에 나부끼며 무대 높이 서 있었다. 언니의 검은 머리카락도 바람에 나부꼈다.

소양강 처녀상 모습 위로 언니의 모습이 겹쳐져서 칠월 강바람에 언니의 치맛자락이 펄럭거렸다.

친구와 나는 '소양강 처녀' 노래를 나지막이 불렀다. 언니를 회상하며 나는 흥얼흥얼 가설무대 위 언니를 떠올리며 불렀다. 나는 나이를 먹어가는 데 소양강 처녀는 여전히 긴 머리 펄럭이며 소녀로 남아 있었다.

언니는 애창곡으로 아직도 '소양강 처녀'를 부를까? 나는 노래방에 가면 오늘날에도 '소양강 처녀'를 부른다.

송어양식장

외진 식당에 들어갔다. 송어양식장이 있는 곳이었다. 식당 입구에는 곤들매기(암어, 岩魚), 송어(松魚), 산천어(山川魚) 수족관이 각각 나란히 있었다. 물고기들은 여유로운 공간에서 이리저리 움직였다. 아무래도 갇힌 공간이어서 자유롭게 헤엄치고 있었지만 본능은 도망치고자 부지런히 움직였을 것이다.

친구의 안내를 받아 식당 건물 앞 왼쪽 비탈진 흙길을 걸어 내려갔다. 거기에는 넓은 양어장이 자리하고 있었다. 양어장은 여러 개의 구역으로 구분되어 있었다. 각 구역에 수많은 송어가 힘차게 헤엄치고 있었다. 어떤 곳에는 어린 송어들이 떼 지어 다녔다. 어떤 양어장에는 어른 팔뚝보다 큰 송어들이 드글드글했다. 그들은 떼로 지어 다니며 움직였다. 곤들매기는 희귀해서 양어하는 곳이 별로 없다고 했다. 산천어에 대해서는 많이 들어보았지만 양어장 산천어는 처음 보았다. 한때 양어장을 경영했던 친구는 소상하게 송어 등의 생태에 대해 설명해주었다.

각기 구분된 양어장 입구 물이 들어오는 구역에는 물이 분수처럼 두 갈래로 쉴 새 없이 뿜어져 나오고 있었다.

"저건 물을 교환해주는 장치인가?"

내가 물었다.

"저건 산소발생기에서 나온 산소가 공급되는 모습이야. 양어장이 이렇게 넓고 동시에 물고기들을 많이 키우고 있어서 산소가 크게 부족한 환경이지. 산소가 부족하면 물고기들은 쉽게 피부병에 걸리거든. 닫힌 공간이라 송어에게는 산소가 부족해지기 쉬워서 부족한 산소를 제대로 제때 공급해 줘야 해. 산소발생기를 설치해서 기계를 이용하여 순산소를 인위적으로 발생시키고 있어. 산소발생기에서 생산된 산소들이 튜브를 통해서 각 수조에 딸린 산소용해기로 전달되고 물속에 잘 용해되어서 수조로 공급되는 방식이지. 산소가 충분한 환경에서는 물고기들이 사료도 잘 먹고 병에도 잘 안 걸리는 편이야. 시시때때로 물고기들의 상태를 잘 살펴보고 제대로 돌보는 일이 중요해."

"저렇게 계속 기계를 가동하려면 전기세가 꽤 나오겠네."

"전기세가 만만하지 않지. 자체 발전기도 있어야 해."

양어장 옆에는 간간이 물고기 먹이를 보관하는 작은 통이 있었다. 양어장 가까이 발자국 소리를 내며 다가가니 물고기들이 내 쪽으로 몰려들었다. 인기척을 느끼고 물고기들이 먹이를 기다리며 득시글거렸다. 빌딩이 밀집한 지역에서 점심시간에 인근식당으로 몰려드는 사람들 모습과 닮아서 웃음이 나왔다.

"저걸 봐. 물고기들이 먹이를 기대하고 이쪽으로 거의 몰려들었어. 연안에서 여객선 타고 나가면 새우깡 냄새 맡고 갈매기들이 마구 몰려오는 것 같지."

친구도 이렇게 말하며 미소 지었다.

양어장에는 송어가 많아서 물 반, 고기 반이라는 말이 떠올랐다. 넓은 밭에 채소를 가꾸듯이 양어장에 물고기를 키우는 일이 참으로 예사롭지 않았다.

송어를 키우고 송어를 세상 밖으로 내보내는 일은 그냥 어장농사가 아니라 자연의 섭리를 함께하는 우주경영의 일부를 담당하는 것 같았다.

송어를 잡아서 회를 하고 탕을 끓이고 먹고 구름으로, 바람으로, 흙으로 내보내는 일, 다시 이 세상에 다른 송어를 데려오는 일을 하는 송어양어장 주인은 어깨가 가볍지는 않을 것이다. 창조자의 뜻을 따라 자연의 섭리에 한 역할을 담당하는 일은 그래서 아주 중요한 과업이고 자기 개인의 가업이기도 할 것이다.

살구

음식점 건물 북쪽 마당 한구석에는 키 큰 살구나무 한 그루 서 있었다. 마당에 떨어진 살구를 보니 살구알 크기가 작았다. 평소에 보던 것과는 비교가 될 정도로 작았다. 친구가 몇 개 따 주길래 먹어보았더니 새콤한 맛이 별로 없고 달았다.

어린 시절 먹던 새콤달콤한 살구 맛이 떠올랐다.

집 마당 옆 북쪽 텃밭에는 고추, 상추, 대파, 감자 등이 자랐다. 돌담을 끼고 긴 골목이 뒷집으로 이어졌다. 골목길 맞은 편 집은 우리 집보다 지대가 낮았다. 그 집에는 커다란 살구나무가 있었다. 살구가 맛깔스럽게 노랗게 익은 살구를 따는 날이었다. 그날따라 나는 살구 따는 아저씨의 모습을 지켜보았다. 다른 소도시에 살다가 그 집으로 이사 간 이듬해였다. 그 살구나무의 큰 가지 하나가 우리 집 텃밭위에 길게 가로로 걸쳐서 드리워져있었다. 나는 살구가 익어가는 모습을 지켜보았다. 유월 어느 날, 나무 주인이 살구 따려고 나무 위로 올라갔다. 큰 살구나무에 올라가서 감을 따는 장대로 살구를 따기 시작했다. 이웃집 살구나무 주인은 먼 친척 아저씨로 부모님과 일상으로 대화를 하는 사이였다. 나는 그날 마당에서 목이 아프도록 고개를 쳐들고 살구 따는 광경을 바라보았다. 아저씨는 가끔 말을 걸며 미소지어주었다. 아저씨가 살구를 다 딸 때까지 그 자리에서 꼼짝 않고 구경했다. 살구를 대 끝 벌어진 틈에 살구나무 작은 가지를 조심스레 꺾어서 하나하나 따 가는 모습은 처음 보는 광경이라 신기했다. 그런 일을 해내는 아저씨가 대단해 보였다. 하늘을 배경으로 노랗게 매달려 있던 예쁜 살구가 파란 하늘 바탕에서 하나씩 지워져 갔다. 아저씨는 나무 아래에 있는 아주머니에게 뭐라고 말을 가끔씩 주고받으며 살구를 다 딸 때까지 나무 위에서 일했다. 드디어 모든 노란 살구가 나뭇가지에서 지워져버렸다.

아저씨는 살구를 내가 먹을 만치 내 두 손 가득 쟁여주었다. 나는 마당에 서서 그것을 다 먹고도 입을 다셨다. 나는 숫기가 없어서 차마 더 달라고 말하지 못하였다.

실컷 먹지 못해서 입안에 침이 남아 있던 나는 그 후

살구가 나오는 유월이면 살구 생각을 했다. 대도시에 살면서 특히 고향생각이 절실해질 때는 살구생각도 절실해졌다. 그럴 때마다 살구를 구하러 근처 재래시장을 찾아다니곤 했다. 살구를 만나면 참으로 반가웠다. 먼저 어릴 때의 그 앞마당 구석에 드리워진 살구나무 가지와 거기에 조롱조롱 매달린 노란 살구알을 기억했다. 살구를 입으로 베어 먹으며 새콤한 맛을 다시금 음미하며 도시 한복판에서도 시골의 바람과 하늘을 느껴보곤 했다.

요즘에는 재배농가도 있어 큰 마트에서도 살구를 쉽게 접한다. 그러나 새콤달콤한 살구를 만나기가 그다지 쉽지 않았다. 어쩌다가 운 좋으면 노랗게 익은 새콤달콤한 살구를 만났다. 하지만 대부분 달기만 한 살구를 먹게 되었다.

"이 살구맛 새콤달콤한가요?"

내가 길을 걷다가 과일가게 앞에 진열된 살구를 보고 물어보면 주인은 시큰둥한 목소리로 대꾸했다.

"요즘 누가 신 살구를 찾는대요? 살구는 단 거 밖에 없어요."

나는 어쩔 수 없다는 듯이 달콤한 살구라도 조금 산다. 마치 허기를 메우려는 심정으로 말이다.

지난 해 봄에는 개화산 근린공원에 갔다가 돌아오는 길에 노점에서 살구 한 바구니를 샀다. 조금 사려고 했는데 김포 쪽에서 농사짓는다면서 맛있는 살구라고 적극 추천하기에 맘먹고 사버렸다. 오는 길에 수돗가에서 씻어서 먹어 보니 그것은 너무 시었다. 단맛이 별로 없는 살구를 참 오랜 만에 먹었다. 이가 신맛 때문에 영향을 받아서 다른 음식을 먹는데 며칠 간 애를 먹었다. 시기만 한 살구는 레몬 먹을 때처럼 눈까지 가늘어지고 얼굴을 찡그리고 침은 지나치게 고였다.

살구라는 말만 들어도 침샘에서 침이 마구 쏟아져 입 속에는 침이 금방 고인다.

세상일도 신맛만 있다면 살기가 어려울 것이다. 돌이켜 보면 겪어낸 일들, 사람사이의 일들이 단맛도 있고 새콤한 맛도 있었다. 때로는 지나치게 시어서 삼킬 수 없을 정도여서 뱉어내버리고 싶은 일도 있었다. 달콤하게 즐거운 시간보다 고된 시간이 더 깊고 진하게 느껴졌다.

신맛의 세계만 존재하지 않듯이 단맛의 세계만 존재하지도 않는다. 뒤섞이고 엉켜서 삶을 아롱지게 수놓는 것이다. 삶의 얼룩만 있다면 지나온 자리는 온통 까맣고 지저분하여 기억하기에도 고통스러울 것이다. 삶은 최소한 담담한 밝은 무채색 바탕에 얼룩이 지거나 아름다웠거나 힘들었던 시간이 얼룩이 지고 무늬가 새겨지며 개인의 역사를 이루어낼 것이다. 다채로운 나이테로 오롯이 지난 시간이 스스로를 드러내는 것이다.

홍시에게 말을 걸다

마트 과일가게 앞에 어린 때의 친구 같던 홍시가 나란히 바구니에 담겨 있었었다. 빨갛게 익은 홍시는 보기에도 먹음직스러웠다. 말랑말랑한 느낌은 만져보지 않아도 눈으로 전해졌다. 달콤한 기억이 새록새록 꼬리를 물고 나를 데리고 시골마을로 달렸다.

어릴 적에 살던 집에는 뒷마당에 감나무가 세 그루 있었다. 좀 떨어진 밭 둘레에는 감나무가 네댓 그루 있었다. 봄이면 뒷마당에서 감꽃을 주워 끈에 연결해서 목걸이를 만들어 목에 걸었다. 동생에게도 목걸이를 만들어 걸어주면 좋아했다. 감꽃잎 안쪽은 노란빛으로 햇살에 금빛처럼 고왔다. 꽃잎 바깥쪽은 흰빛에 가까웠다. 꽃목걸이를 목에 걸고 감나무 드리워진 뒷마당에서 숨바꼭질하면서 놀았다.

뒷산에서 가끔씩 뻐꾸기가 울었다. 감나무가 친구처럼 편안해서 그 아래서 잎이 푸르러질 때까지 뛰어놀았다.

가을이면 동네에 사는 사촌언니가 와서 감 따는 일을 도왔다. 언니는 키 큰 감나무 가지를 타고 위로 성큼성큼 다람쥐처럼 올라갔다. 나는 감나무 아래에서 고개를 뒤로 한껏 꺾고 언니가 하는 일을 쳐다보았다. 언니는 대나무장대로 감을 솜씨 있게 땄다. 언니는 겁도 없이 감나무 큰 가지에 걸터앉아 감을 장대로 하나씩 따서 망태기에 담았다. 망태기가 제법 차면 밧줄로 연결하여 두레박을 내리듯이 천천히 나무 아래 땅으로 내렸다. 나와 어머니는 얼른 망태 속의 감을 꺼내고 다시 망태를 올려주었다. 나보고 멀찍이 서서 구경하라고 했지만 나는 기어코 엄마 곁에서 한 역할 하려고 서 있었다. 언니의 씩씩한 모습이 대단해 보였다. 언니와 어머니, 아버지는 바삐 움직였고 파란 하늘에 루비처럼 붉게 빛나던 감들이 땅으로 하나씩 내려왔다.

불국사 근처로 이사 갔을 때는 그 집 둘레에 감나무가 없었다. 동생과 나는 감꽃 줍기 대신에 집근처 왕릉 구경을 했다. 학교 다녀와서 심심하면 왕릉 꼭대기에 올라가서 미끄럼틀 타는 놀이를 즐겼다.

몇 년을 불국사 근처에서 살다가, 열한 살 여름에 나는 가족들을 따라 다시 고향으로 돌아왔다. 아버지가 미리 사놓은 시골집은 몇 년 전에 살던 집과는 모양이 달랐다. 예전에는 방과 방 사이에 마루방이 딸린 본채가 북동쪽이었고 외양간과 기타 물건들을 두던 작은 채는 서향이었다. 이번에 이사한 집은 본채는 동남향이었고 방 한 칸과 외양간, 창고가 달린 작은 채는 남향이었다. 본채에는 예전에 있던 마루방이 따로 없었다.

이사한 집 대문 옆에는 커다란 감나무 두 그루가 있었다. 한 그루는 고동시 감나무(대봉감)였고 또 한그루는 납작 감나무(홍시용)였다. 둥시 감나무(곶감용)는 집 서쪽 작은 뜰에 있었다. 단감나무는 집 뒤뜰과 본채 남쪽 사이에 있었는데 어린 나무라서 감이 몇 개 열리지 않았다. 감이 제법 굵어져서 바람에 떨어지면 찬물에 감이 잠기도록 담아서 사흘 정도 두었다. 그러면 떫은맛이 사라져 간식으로 먹을 수 있었다. 가끔씩 제법 익은 떫은 감을 먹기도 했다. 하지만 떫은 감을 먹은 날은 운 나쁘면 변비에 걸리곤 했다. 눈물을 쏙 뺄 만큼 고생한 후부터는 가능하면 감을 찬물에 담아서 한 이틀 익혀 먹었다.

서리가 내리면 감이 익어 맛이 좋아졌다. 특히 홍시는 말랑말랑해서 먹기에 좋았다. 바람이 불어 홍시가 바닥에 떨어지면 으깨어져서 먹을 수가 없게 되었다.

홍시가 너무 익어서 감나무에서 꼭지가 떨어지기 전에 긴 대나무 장대로 어른들이 감을 땄다. 나도 제법 힘이 생겨서 어른들 곁에서 잔심부름을 했다. 감 따는 일은 또 하나의 큰 일거리였다. 감이 익어서 홍시가 되기 전에 따야 했다.

단단한 감 중에 일부는 곶감으로 만들어 겨우내 간식으로 먹었다. 햇살에 감을 말리려고 곶감꽂이에 꽂아 처마 끝에 달아놓으면 나와 동생은 어머니 몰래 하나씩 빼먹곤 했다. 뺀 표시가 나지 않게 하려고 하나 빼곤 그 사이를 듬성하도록 메우곤 했지만 어른들은 알면서도 모른 체 해주었다.

더러 익은 감들은 홍시를 만들려고 양지바른 곳에 멍석을 펴서 익혔다. 또 단단한 감들 중 일부는 커다란 항아리에 부드러운 짚 등으로 잘 싸서 담아서 홍시가 될 때까지 두었다. 홍시가 되면 역시 겨울 간식으로 먹었다.

한여름 태풍이 닥치면 바람에 감나무가 휘청거리다가 가지들이 부러지곤 했다. 물론 푸른 감들이 익기도 전에 많이 떨어져 내렸다. 바람에 견디는 것들은 꼭지가 튼튼한 것들이었다. 여름밤에 천둥, 번개가 치는 날 천둥소리에 놀라 눈을 떠 밖을 내다보면, 번갯불이 번쩍 하는 순간에 나무의 형체가 거대하게 드러나고 시커먼 하늘을 이고 감나무들이 요동치는 모습을 보곤 했다.

감이 감나무에서 익을 때까지 잘 버티는 것은 쉬운 일

이 아니었다. 태풍이 지나가고 가을이 되면 따가운 햇볕에 감이 탐스럽게 익어갔다. 날마다 오가며 감나무, 감들이 건네는 말들을 받아 가슴에 적어 내렸다.

사춘기 때는 감나무들이 특히 가깝게 다가왔다. 나는 감나무와 친구가 되어서 들며 날며 지켜보고 그 나무 아래서 놀곤 했다. 긴 여름 땡볕을 종일 받고 서 있는 나무들이 대견하기도 했다. 숱한 나뭇잎들로 시원한 그늘을 만들고 바람에 이파리들이 수천 개의 손부채가 되어 나를 시원하게 해 주었다.

나는 나무와 함께 성장해갔다. 떫은 감과 단 홍시, 곶감을 먹으며 자랐다. 그런 것들이 하루아침에 생기는 것이 아님을 눈으로 보았다.

부드러운 햇살과, 비바람과 땡볕과 가을의 시원한 바람 속에 자라고 익어가는 것을 보았다.

거기서 산 지 십 년쯤 지났을 때, 납작 감나무는 감이 별로 열리지 않고 쇠잔해가는 모습을 보였다. 그해 태풍에 큰 가지가 부러지고 마침내 어른들이 톱으로 나무둥치를 잘랐다.

얼마나 마음이 아프던지. 그 아픈 기억이 좀 오래 갔다. 그래도 마음속에는 그 감나무가 아직도 서서 나를 지켜보는 거 같다.

나머지 두 그루는 그때도 여전히 튼실하게 있었다.

내가 도시로 나온 지 얼마 되지 않았을 때였다. 친구가 "감을 시장에 가서 사먹는다."고 하는 말을 처음 들었을 때는 의아했다.

"감은 따먹는 것이지."

친구가 큰 소리로 웃었다. "얘, 너는 시골에서 감나무를 보고 자라서 그런 거지. 도시 사람은 다 감을 사먹지."

나도 따라 웃었다. 그녀의 말이 사실이었으니까.

가을이면 가끔 덜 익은 떫은 감을 한입 먹어본다. 어린 시절의 떫던 느낌을 혀로 느끼면서 감이 익을 때까지 견뎌온 시간을 음미해본다. 시장의 과일가게 앞을 지날 때면 단감과 홍시가 진열되어 있으면 나에게 말을 거는 것 같아 언제나 멈춘다. 그리고 홍시 한 소쿠리 산다. 따가운 여름을 잘 견뎌온 홍시에게 인사를 한다. 예까지 오느라 고생 많았구나.

깜깜해진 허공에 매달려
매서운 바람에 몸 부딪히고
멍들도록 흔들렸지만
지탱해주는 가냘픈 가지 붙들고
꿈꾸며 견뎌내는 힘으로
어둑한 주변이 무서워도 버티었다
미래에 대한 설렘과 열망으로
두려움을 이겨내고
태풍의 소용돌이도 건너

눅진한 햇살을 달게 받으며
떫은 성질
햇살에 익히고 바람에 삭혀

전신이 말랑해질 때까지
달콤하게 다독이더니

찬바람에 찬찬히 속을 다져서
붉은 단풍보다 더 붉어져
가을 하늘 중심에 떴다

〈홍시〉 전문, 권순자

꽃밥

"여보, 나 밥 그릇 사야 돼. 저번에 설거지하다가 그릇을 떨어뜨렸어. 밥사발이 손에서 미끄러졌는데 금이 크게 가버렸네."

함께 장보러가던 남편이 깨진 그릇에 대해 아쉬워하는 표정으로 말했다. 주말부부로 살아온 지 이십 년이 된 그는 혼자서 집안일을 해왔으므로 이제 부엌에서 베테랑 주부에 가깝다. 검소한 그의 성품을 아는지라 내가 선물로 좋은 그릇을 사주겠다고 했다. 같은 주머니인데 내 것 네 것이 어디 있느냐고 말을 하지만 그의 표정이 그리 싫은 표정은 아니었다. 그릇가게에 가서 디자인이 예쁘고 재질도 괜찮은 뚜껑이 있는 밥공기와 국 대접 두 조를 샀다. 비싸다고 손사래를 쳤지만 제 때 잘 챙겨먹는 남편이 고마워서 기어코 샀다.

그의 밥공기에 얽힌 추억이 생각날 때마다 기분이 좋아진다. 신혼 초에 내가 당직을 서는 날이었다. 요즈음 학교에는 휴일대체근무요원이 있지만 당시에는 그런 제도가 없던 시절이었다. 동료와 2인 1조로 일요일 근무를 하는 중이었다. 점심시간이 다 되어갈 무렵 남편이 보퉁이를 들고 문득 사무실에 나타났다. 예고 없이 등장한 남편에 놀라고 그가 뭔가를 들고 온 것이 궁금해졌다.

"밥 지어서 당신 점심 도시락 가지고 왔어."

삼월이라 아직 날씨가 차가웠다. 밥주발에 뚜껑이 잘 닫혀 있고 밥을 담아 바로 와서인지 그릇이 여전히 따뜻했다. 보온통에는 국이 담겨 있었다. 김치를 비롯한 반찬은 반찬통에 담아왔다.

옆에 동료도 감탄하는 눈길로 그를 바라보며 말했다.

"사랑이 가득 담긴 도시락이네요."

그 밥은 따스하고 정겨운 밥이었다. 그의 사랑과 노력이 버무려진 꽃밥이었다.

새로 구한 직장 때문에 그가 서울을 떠날 때, 제일 걱정되는 일은 남편의 아침 식사였다. 점심과 저녁은 직장의 구내식당을 이용하면 될 터였다. 처음에는 근처 도청 식당에서 아침식사를 몇 번 사먹더니 일찍 가는 일이 번거롭고 시간도 걸려서 음식을 직접 해먹겠다고 했다. 나는 그가 아침에 간단히 해먹을 수 있는 찌개나 국을 끓이는 조리법을 설명해주었다. 주로 평소에 먹던 된장찌개나 미역국을 자주 만들어 먹는다고 했다. 그 외에 콩나물국, 북엇국 등 아침식사로 속을 편안하게 해주는 반찬 위주로 방법을 알려주었다.

어느 날 친구가 맛있는 자연산 바지락을 소개해 주어서 제법 많이 샀다. 소량으로 여러 개 포장해 냉동실에 넣어 보관했다. 국이나 찌개를 끓일 때 한 봉지씩 꺼내어 국에 넣어 끓였더니 맛이 일품이었다. 휴일에 남편이 그 맛을 보고는 좋아하기에 방법을 알려주었다. 남편의 고향이 바닷가라서 그는 해산물을 평소에도 좋아했다.

"자연산 바지락 생산이 끝났대. 양식바지락을 주문해서 조리해 먹었는데 맛이 덜하더라." 그렇게 말하면서도 그는 바지락을 넣은 요리를 한참동안 해먹었다.

그가 요리하는 모습을 보면,

"나, 요리 정말 잘하지?" 하고 나에게 묻곤 했다.

"그럼, 당신은 대단한 요리사야. 흠, 유명한 요리사들 보니 남자들이 많더라."

그에게 요리는 이제 일상적인 일이 되었다. 그가 요리를 시작할 때는 먼저 앞치마를 찾아 둘렀다. 설거지부터해서 요리할 공간을 정리하고 그릇을 정갈하게 비치하였다. 그리고 나서 요리를 시작하였다. 된장찌개나 무국, 콩나물

국 정도는 쉽게 해 낸다. 조리방법이 간단하기 때문이다. 찌개나 국을 끓이기 위해서 육수를 먼저 만든다. 냄비에 물을 붓고 다시마, 멸치, 대파와 생강을 넣고 끓인다. 건더기를 건져내고 육수에 된장을 풀고 감자, 두부, 호박, 땡초를 적당한 시간 터울을 두고 넣어 끓이면 맛있는 된장찌개가 된다.

은퇴 후 부부는 룸메이트처럼 지내야 한다는 말이 있다. 서로의 체력을 배려해서 일을 분담하고 서로 격려해주는 것이다. 요즈음에는 주민 센터나 요리학원에 젊은 남자도 있지만 은퇴한 남자들이 앞치마를 두르고 음식 조리법을 배우는 경우를 자주 본다. 진정한 홀로서기를 위해서, 또는 함께 살아온 반려자를 위해서 음식 만들기에 도전하는 것이다.

뭐든지 익숙해지면 쉽게 느껴지고 맘에 부담이 덜하다. 내가 대접받는 것이 기쁘고 기분이 좋아진다면 거꾸로 내가 만들어 주면 상대방이 대접받는 느낌을 받을 것이다. 밖에서 친절한 것도 필요하지만 가족에게 다정하게 대하는 일이 참으로 필요한 일이다. 성실히 살아오느라 반평생을 보내고 집에 돌아온 남편과 그를 바라보며 반평생을 살아온 아내를 위해 서로 작은 힘이나마 보탠다면 고맙고 기쁠 것이다.

지금도 가끔 남편은 꽃밥을 짓는다. 남편이 지은 밥 한 공기에 많은 것들이 들어 있다. 밤, 대추, 콩, 보리쌀, 쌀이 서로 어울려 입안에서 새로운 맛을 낸다. 세상에서 제일 맛있는 밥 한 그릇을 먹고 기분 좋은 하루를 시작한다.

경건한 시간

집 주위를 산책하는 중이었다. 칠월 말의 아침 햇살은 잠깐 불어온 바람결에 기분 좋게 피부에 와 닿았다. 마치 어린아이 조막손이 팔과 어깨를 간지럽히는 것 같았다. 나무에서 들려오는 매미울음은 시끄러울 정도로 요란했다. 아파트 동을 한 두어 바퀴 돌고 있었다.

매미소리는 나무에서가 아니라 길바닥으로부터 들려왔다. 울음이 하도 크게 들려서 눈길이 저절로 갔다. 가까이 다가가서 보니 매미 암수가 흘레 중에 있었다. 길 중앙이었으므로 사람 발길에 밟히거나 채일 염려가 있었다. 그보다 더 염려스러운 것은 주차하거나 외출할 때 자동차가 드나드는 길이었다. 자동차에 두 마리 매미가 깔릴까봐 걱정스러웠다.

매미가 이 세상에 태어나기 위해 기다리고 인내해야 하는 시간이 칠년의 세월이 걸린다고 들었다. 육년의 애벌레로 땅 속에서 살아내야 했고 일 년 동안 성충으로 살다가 날개가 돋아 지내는 시간은 일주일에서 한 달 가량이라고 들었다. 일주일 동안에 수놈은 암놈을 찾아내야 했고 살아있음을 만끽해야 할 일이었다. 너무나 짧고 긴박한 나날일 것이었다. 하필이면 시멘트 도로 위에서 사랑을 나누고 있었다. 얇은 날개를 푸드덕 거리는 소리가 삶의 몸부림처럼 느껴졌다.

그 둘의 애달픈 사랑을 지켜보다가 궁리를 했다.

“저 둘을 길 밖으로 옮겨주어야겠어.” 남편이 먼저 운을 뗐다.

“재들을 지금 방해해도 될까?” 내가 염려스러워 하며 대꾸했다.

“자동차가 곧 들어올지도 몰라. 어서 옮겨 주어야겠어.” 그는 말하면서 아파트 주변 작은 숲을 기웃거렸다. 나는 뒤꿈치를 들 듯 조심스레 남편과 매미들을 지켜보았다.

그는 잠시 기다렸다가 그들을 도로 밖으로 유인할 시도를 했다. 놀라게 해서는 곤란하므로 남편은 손바닥보다 큰 나뭇잎을 두 장 주워 와서 슬슬 바람을 일으켰다. 둘이 진정이 되자 나뭇잎에 싸듯이 하여 여러 그루 나무들이 서 있는 수풀 속으로 날려 보냈다.

"그 짧은 시간이 매미들 평생에 얼마나 기다려온 귀한 순간일지 우린 상상하기 어렵겠지."

그는 가여운 매미들을 안전하게 수풀 속으로 보내고 안도의 미소를 지었다. 나도 따라 미소를 지었다.

'모든 생은 귀한 것이야. 매미야, 살아있는 날까지 건강하게 즐겁게 살아라.'

희귀질병을 가진 시한부 남자를 사랑한 여자 이야기가 떠오른다. 영국인 브라이언은 어린 시절 프로테우스 증후군 진단을 받았다. 온몸의 뼈와 장기가 비대해지고 뒤틀리는 질환으로 어린 시절부터 고통이 심했다. 그는 겉모습 때문에 조롱을 받았다. 사춘기 시절에는 왕따를 당하고 괴롭힘에 시달렸다. 그는 통증 때문에 수십 번의 수술을 받았다.

그런 브라이언에게 스물여섯 살에 사랑이 찾아왔다. 앤지는 다른 사람과는 달리 그의 겉모습보다 내면을 들여다보았다. 그의 따뜻한 마음을 읽었고 누구와도 비교할 수 없는 멋진 마음을 발견했다. 병마와 싸우며 거듭되는 수술에 힘들어하는 브라이언과 함께 해주는 앤지의 사랑의 힘이 셌다. 그녀는 브라이언의 발과 다리를 대신한 목발이 되어주며 짧지만 강렬한 매미 같은 사랑을 나누었다. 언제 끝나버릴지 모를 짧은 인생이기에, 그들의 짧은 사랑이 더욱 애달팠다.

무더운 여름밤 사람들을 잠 못 들게 하고 때로는 곤한 새벽잠을 깨우는 매미 울음소리는 무척 우렁차다. 매미소리가 시끄러워 잠을 설치고 힘들어서 불만을 털어놓기도 하지만 한편으로는 매미가 애처롭다.

암컷(벙어리매미)을 유혹하느라 수컷은 아파트 창문이나 주택 주변 나무에 붙어서 밤새 목청껏 울어댄다. 햇살 눈부신 대낮이나 불빛 환한 밤 구분 없이 이렇게 끊임없이 울어대어도 수컷이 암컷을 만나게 되는 확률은 삼십 퍼센트 정도라고 한다. 운 좋은 수컷은 암컷을 만나 생식을 위한 사랑을 나눈다. 그것으로 끝이다. 수컷은 자신의 역할이 끝나버리고, 땅에 떨어져서 다른 곤충들이나 새들의 먹이가 된다.

오랜 세월 동안을 온갖 천적과 자연의 변화를 견뎌내는 매미는 인내와 끈기의 상징이다.

나무에 매미 껍질을 볼 때가 있다. 성충이 된 매미가 탈피하는 순간은 엄숙하고 경건한 시간이다. 어둠 속에서 서서히 안간힘을 쓰며 껍질을 벗고 나서 쭈글쭈글한 날개가 펴지고 파르스름한 날개에 힘이 돈는다. 매미는 그 긴 세월 동안 깜깜한 어둠 속에서 식물 뿌리의 즙을 빨아 마시며 기다려온 힘든 시간을 드디어 보상을 받는 것이다.

날개를 통한 자유, 성충이 되어서 얻게 되는 사랑. 그러나 그것은 너무 짧다. 너무 짧아서 안타깝다. 사람들의 잠을 설치게 하고 새벽 곤한 잠을 깨우면서까지, 미친 듯이 울어대는 매미의 심정을 좀은 이해를 할 것 같다.

강낭콩처럼 닮았다

검정콩, 노란콩이 밥에 섞여 있다. 한 술 떠서 꼭꼭 씹어 먹는다. 구수한 맛이 밥맛을 더 푸지고 맛있게 해준다. 지금은 밥에 든 콩을 가리지 않고 먹지만 어릴 때는 밥에 든 콩을 가려내곤 했다.

"콩을 먹어야지."

"…"

"요년, 니 에미 고생 시키면 내가 혼낸다. 어서 콩 먹어."

외할머니는 무척 무섭게 말했지만 난 콩을 먹지 않았다. 하도 혼을 내고 무섭게 해서 그럴 때는 한 두 숟가락 밥알에 섞인 콩을 밥과 함께 먹기도 했다. 그러나 외할머니가 안 볼 적에는 콩을 슬쩍 엄마 밥그릇에 몰래 옮겨 놓았다. 어머니는 콩이 맛있고 몸에도 좋다고 하면서 달래고 구슬리며 콩을 먹게 했다. 어쩌다가 콩을 먹곤 했지만 어머니는 강요하지는 않았다. 나는 할머니가 콩나물 키우는 것을 지켜보기를 즐겨했다. 콩나물이 시루에서 하루하루 자라는 것이 보이는 듯해서 신기했다.

'어떻게 물만 먹고 저렇게 날마다 조금씩 키가 자랄까.'

어떤 때는 내가 콩나물시루에 물을 주겠다고 나서면 한번 해보라고 바가지를 건네곤 했다.

어머니는 넓은 밭 둘레에 강낭콩을 제법 많이 심었다. 콩이 익으면 어머니는 콩대를 뽑고 콩꼬투리를 따냈다. 나도 어머니 옆에서 재미있는 놀이인 양 콩꼬투리를 깠다. 꼬투리 안을 열어보면 자주색 강낭콩이 한방에 형제자매들처럼 의좋게 나란히 앉아있었다. 붉은 콩알들을 손바닥에 굴리면 간지러웠다. 콩을 잘 먹지는 않았지만 콩을 만지는 것은 느낌이 좋았다.

내가 열한 살 때, 늦가을이었다. 엄마는 나를 가끔 외가에 데리고 갔는데 그때는 좀 오래 머문 것 같다. 외할머니는 떫은 감을 껍질을 깎아서 대나무 꼬챙이에 길게 껍질 깎은 감을 걸어 처마 밑에 걸어 놓았다. 햇살에 감이 잘 말라 말랑말랑해지면 단단한 곶감보다 맛이 좋았다. 외할머니는 가끔 밭에 가거나 볼 일을 보러 가시곤 했다.

나는 심심하기도 하고 궁금하기도 해서 외할머니가 바쁜 틈을 타고 어둑할 즈음에 말랑한 곶감 하나씩 빼 먹었다. 하루에 딱 한 개씩. 표 나지 않게 하려고 먹고 싶은 것을 꾹꾹 참아가며 꼭 한 알만 빼먹었다. 외할머니는 내가 보기에 모르는 거 같았다. 왜냐하면 한 번도 나를 불러서 물어본 적이 없었기 때문이다.

'너 혹시 나 몰래 곶감을 빼 먹었니?'

라고 물었다면 난 변명할 궁리를 했을 것이다. 그런데 이상하게도 나에게 묻지 않았다. 그저 아침마다 큰 소리로, "어느 놈이 남의 집 곶감을 훔쳐 먹고 있나? 잡히면 내가 단단히 혼내줄 끼다." 라고 말한 게 전부이다.

그것도 대문 쪽을 바라보면서 우렁우렁한 목소리로 소리쳤다. 지금 생각해 보니, 할머니는 내가 그런 줄 알았을 거 같다. 내가 나이가 먹는 게 좋은 것은, 나이를 먹으면서 어른들의 마음을 조금씩 이해하고 공감하기 시작했다는 점이다.

나의 엄마 힘들게 한다고 나를 혼내던 외할머니. 외할아버지가 아파서 일찍 세상을 떠나고 외할머니는 외삼촌과 억척스럽게 살았다. 외할머니는 여장부였다. 시골에서 자식 키우며 농사짓느라 피부는 햇볕에 탔지만 큰 눈으로 우렁우렁하게 말할 때는 속이 다 시원하였다. 어머니는 할머니의 괄괄한 성품을 물려받지 않았다. 곱상한 계란형 얼굴에 까무잡잡한 피부를 물려받았다. 빨리 새치가 생기는 것도 할머니를 닮았다. 나는 어머니의 타원형 예쁜 얼굴을 물려받지 못했다. 그 대신에 순한 성격과 이른 나이에 새치가 생기는 두발을 닮았다. 빨리 새치가 생겨서 염색하는 일이 귀찮을 때도 있지만 그래도 닮았다는 것은 때론 동질성을 느끼게 해주는 매개가 된다. 나이 들면서 내 모습이 어머니를 닮아가는 것을 느끼기 때문이다.

콩을 먹을 때면 할머니의 호통이 가끔씩 기억나 혼자 슬며시 웃는다. 흰 머리카락을 볼 때면 어머니의 다소곳한 모습과 다정한 웃음이 떠오른다. 우리는 어딘가에 서로 닮아 있고 이어지고 있다. 자줏빛 강낭콩 같이 한가지쯤은 동색을 띠고 있다.

할머니와 손녀

엘리베이터에 이웃집 할머니가 어린 손녀를 데리고 탄다. 어린아이는 종알종알 할머니에게 이야기하느라 바쁘다. 아이의 할머니는 연신 미소 지으며 "그럼, 그럼."하면서 고개를 끄덕이고 손녀의 이야기에 맞장구를 쳐준다.

내가 어렸을 때, 나의 할머니는 논밭에서 일하는 어머니, 아버지를 대신해서 가끔 나와 동생을 돌보았다. 나는 겁이 많아서 할머니의 손을 잡고 다녔다. 어느 날, 동생을 업은 할머니의 왼손을 내 오른손으로 꼭 붙잡고 할머니가 사는 동네 골목을 두리번거리며 걸어갔다. 골목길 바닥은 자갈이 많아서 돌부리에 걸려 넘어지기 쉬웠다. 할머니는 한손은 포대기로 업은 동생의 등을 받치고 한 손은 내 손을 쥐고 걸었다. 남쪽 앞산으로 향하는 골목 오른쪽은 단독주택 담벼락이 이어졌다. 다른 한쪽은 밭이 이어졌는데 경계에는 키 작은 탱자나무를 심어서 울타리로 삼았다.

할머니와 나는 동네를 조금 벗어나서 산길 쪽으로 접어들었다. 이윽고 우리는 근처 비탈진 밭으로 올라갔다. 밭 둘레에는 감나무들이 띄엄띄엄 서 있었다.

우리는 밭둑에 잠시 서서 숨을 돌렸다. 그때 어디선가 "어흥, 잡아먹자." 하고 큰 소리가 났다. 나는 그만 놀라서 "으앙." 울음을 터뜨리며 할머니 치마폭에 숨어들었다. 나는 벌벌 떨었다. 할머니가 괜찮으니 무서워하지 말라고 하면서 내 등을 쓰다듬었다. 할머니 말에 조금 용기를 얻어 울음을 그치고 나무둥치 쪽으로 눈길을 주었다. 도대체 어디서 난 소리인지 주변을 둘러보았다. 그러나 어디에도 사람 그림자가 보이지 않았다.

조금 있으니 키 큰 친척 아저씨가 십여 미터 앞 아름드리나무 뒤에서 홀연히 나타났다. 일하느라 햇볕에 그을린 그의 구릿빛 얼굴이 햇빛을 등지고 섰다. 그래서 그의 키가 더 커 보이고 모습이 더 험상궂었다. 턱수염까지 좀 길었는지 얼굴이 검어보였다. 내가 할머니 치마폭에 다시 숨으려니까 아저씨는 머리를 긁적이며, "운이, 너무 놀랐구나. 미안해."하고 나를 달랬다. 아저씨가 숨는 것을 보지 못하였는데 나무 뒤에서 아저씨가 갑자기 나타난 게 그때는 무척 기이하게 여겨졌다. 내가 아저씨의 장난에 크게 놀랐으므로, 할머니는 그날 아저씨를 나무랐던 것 같다. 그때 이후로 한동안 나는 자주 놀라곤 했다.

일곱 살 때, 둘째 동생이 태어났다. 동네 좀 떨어진 큰집에 큰아버지 가족과 함께 살던 할머니가 산모인 어머니를 돌보아주러 우리집에 왔다. 할머니는 오랫동안 어머니와 아기를 돌봐주었다. 식사를 준비하고 빨래를 하고 집안 청소도 했다. 나는 할머니 옆에서 집안의 작은 심부름을 했다.

어느 저녁 무렵, 할머니가 어머니에게 줄 저녁상을 들고 부엌문 턱을 넘다가 문턱에 발이 걸렸다. 할머니는 상과 함께 죽담에 엎어졌다. 밥상 위의 반찬과 미역국그릇은 마당으로 날아가 엎어지고 음식물이 쏟아졌다. 난 마당에 놀고 있다가 이 광경을 목격했다. 할머니는 얼른 몸을 털고 일어서더니 괜찮다고 하면서 그릇을 집고 쏟아진 음식물을 치웠다. 할머니는 식사를 다시 챙겨서 방으로 들어갔다. 어린 마음에도 우리 할머니가 참으로 대단하다는 생각이 들었다.

어느 날, 할머니에게 다른 일이 생겨서 우리집에 도와주러 오지 못하였다. 어머니는 나에게 동생의 기저귀를 빨아오라고 심부름시켰다. 나는 어렸지만 어머니를 도울 수 있다는 생각이 들었다. 대야에 아기의 똥이 묻은 기저귀를 담아서 어머니 따라 가본 적 있는 동네 빨래터에 갔다.

평소에 물이 제법 흐르는 샘터 아래쪽에는 터가 넓고 물이 많아서 빨래하기에 편했던 장소였다. 그런데 이날은 공동빨래터에 살얼음이 낀 데다 물이 바짝 줄어있었다. 하는 수 없이 먼 거리에(아이 기준에 볼 때) 있는 하천까지 갔다. 지금도 그때 일이 생생하게 기억난다. 아마도 추운 날 집으로 돌아가는 대신에 어머니를 돕겠다는 일념으로 포기하지 않고 기어이 먼 거리까지 가서 빨래를 했기 때문일 것이다.

강보다는 작지만 제법 큰 하천은 일 년 내내 물이 많이 흘렀다. 여름에는 범람하면 주변 논들이 물바다가 되어 농사를 망칠 정도였다.

물가에는 이미 살얼음이 얼어 있어서 먼저 작은 돌로 얼음을 깨서 빨래터를 만들었다. 납작한 돌을 골라 그 위에 기저귀를 놓고 두 손으로 열심히 비벼 빨았다. 전에 어머니가 빨래하던 것을 본 적이 있어 어머니의 흉내를 내며 조막손으로 힘껏 손빨래했던 거 같다. 물이 차가워서 심하게 손이 시렸다. 손을 호호 불어서 따뜻하게 해 가면서 빨래하느라 시간이 꽤 걸렸다. 얼음 사이로 졸졸 흐르던 물소리도 들렸다. 더럽던 기저귀가 조금씩 하얗게 변해 가던 것을 지켜보면서 쉼 없이 손을 움직였다. 조막손으로라도 깨끗하게 빨래를 해내서 흐뭇했다. 나도 어머니를 도울 수 있다는 사실에 기분이 좋았다. 어머니가 기특하다고 칭찬을 했다. 손등이 터서 좀 따갑긴 해지만 나도 뭔가 작은 것이라도 할 수 있다는 사실에 기운이 났다.

할머니의 빈자리를 채우느라 손빨래하던 기억이 새롭다. 자갈길에 넘어질라 내 손을 꼬옥 잡아주던 할머니의 따스하면서도 거친 손바닥을 내 손이 아직도 기억한다. 나도 언젠가 누군가의 고사리 손을 꼬옥 잡아볼 날을 기다려본다.

문식이 아저씨

9시 뉴스에 주부도박단이 대거 붙잡혔다는 소식이 있었다.

"참, 간 큰 아주머니들일세. 겁도 없이 꾼들과 어울리다가 왕창 걸렸구먼."

옆에 있던 김 씨가 뉴스에 대꾸하듯이 한마디 던졌다. 뉴스에는 피곤에 찌든 모습의 50대 여자가 비밀통로로 나오는 게 카메라에 잡혔다. 도박장 내부에 카드단말기까지 비치하고 도박자금을 '카드깡'으로 높은 이율로 떼고 돈을 빌려줬다. 주부들은 자신의 일상생활도 카드깡처럼 떼여 야금야금 없어져가는 줄 눈치 채고 있었을까.

'놀음'과 '노름'의 말이 재밌기도 하고 엄청난 차이를 불러오는 위력에 놀랍기도 하다. 나는 '놀음'(놀이)을 무척 좋아한다. 공놀이면 즐기는 탁구, 테니스, 배드민턴을 비롯해 잘하지 못하는 축구, 배구까지 좋아한다. 어릴 때는 발야구를 특히 즐겨했다.

돈을 걸고 내기하는 일(노름)에는 별로 관심이 없다. 돈내기 놀이가 결국은 사람의 정신을 피폐하게 만든다는 것을 많이 들어왔기 때문이다.

먼 친척 문식이 아저씨는 농사일을 할 때면 훌륭한 농사꾼이었다. 하지만 노름을 시작한 시점부터 점점 사람이 망가지고 일을 등한시하게 되어갔다. 그에 대한 소문도 좀 듣기도 했다.

어느 초겨울 새벽녘이었다.

"아재요, 아재요."

문밖 마당에서 누군가가 소리쳐 부르는 소리가 났다. 아버지가 대답을 안 하니까 목청을 높여서 불러댔다.

"누군가?"

"문식이 입니다."

"지금 몇 시인고?"

"세 시입니다."

"무슨 일인가?"

아버지는 문을 열지 않고 문밖의 친척과 대화했다.

"돈 좀 빌려 주이소."

"빌려줄 돈이 없다."

그건 나도 아는 사실이었다.

"쌀이라도 빌려 주이소."

"빌려줄 쌀도 없다."

그 말도 사실이었다.

"어서 가서 잠 좀 자고 일하러 가야지."

아버지는 친척을 타일렀다.

사방이 고요한 밤중에 큰소리로 아버지를 부르는 소리에 잠보인 나까지 잠을 깨고 말았다. 한창 사춘기 예민하던 시기라서 아저씨의 심정이 조금 이해되었다.

밤잠 설치며 노름하다가 손에 쥐고 간 돈 다 잃고 벌건 눈과 속상한 마음과 잃은 돈 찾겠다는 일념만 있을 뿐 대책도 없는 한밤중. 어지러운 생각만 맴도는 밤은 인간의 사고력을 떨어뜨리는 시간이다. 그는 휑해진 마음과 퀭한 눈을 뜨고 기댈 만한 누군가를 떠올렸을 것이다. 딱하기도 하였다. 시골동네에서 다 고만고만하게 농사짓고 사는 사람들인데 달리 돈이 있을 리가 없었다. 노름의 고수는 그의 성급하고 망나니 같은 욕심을 미리 눈치 챘을 것이다.

'차라리 본전생각을 하지 말아야지.'

잃어버린 건 잃어버린 것이다. 고수들은 먹잇감을 구할 때 처음에는 져준다. 적은 액수를 져주고 상대방의 빈틈에 바람을 살금살금 불어넣는 것이다. 조금 딴 것에 한껏 맘이 부풀어가는 과정을 예리하고 냉정하며 냉혹한 눈으로 곁눈질하며 지켜본다.

'드디어 먹잇감이 걸렸어.'

상대방이 속으로 웃음을 짓는 순간 하수는 빨리 알아차리고 마음을 접는 게 그나마 자신을 건지는 것이다.

문식이 아저씨는 그 후 어떻게 살았을까. 친구와 친지들은 그에게 충고를 하고 도움을 주려고 했으나 그는 돌아오는 길을 잃어버린 사람 같았다. 그는 계속 노름판 주변을 맴돌고 가족을 돌보지 않는다는 소문이 들렸다. 아주머니가 혼자 애쓰며 보따리 장사와 품팔이로 생활비를 벌었다. 그녀는 키가 자그만하고 몸집도 작았지만 옹골찬 여인이었다. 알뜰하게 생활비를 벌어 어렵사리 가족을 부양하고 자식들을 키웠다. 모질고 긴 세월에 그녀의 머리가 하얗게 세고 피부는 나무껍질처럼 거칠어갔다.

'노름'의 음흉한 손길은 지독해서 한번 뻗치면 쉽게 물러서는 법이 없다. 노름이 주는 끔찍한 실패감에 시달리는 사람은 가족, 친구와 멀어지고 외롭고 가난하게 살아간다. 노숙자로 연명해나가는 그들의 뒷이야기에 그저 안타까울 뿐이다.

노름하는 사람의 표정은, 그 한판에 인생을 걸다시피 한다. 얼굴은 상기되고 생각은 만감이 교차한다. 조금 딸 때는 만사가 제 편인 듯 화색이 돈다. 그러나 본전을 잃고 빌린 돈까지 잃으면 눈동자에 초점이 흐려지고 판단력도 떨어진다. 그러다가 점차 자포자기하는 상태로까지 악화된다.

사람이나 사물에 쉽게 빠지거나 집착하는 사람은 특히 노름에 주의해야 한다. 자신의 고집이나 집착에 빠져 노름의 끝없는 마수에 걸려들기 쉽다. 하염없이 나락으로 빠져들어 되돌아 나오는 길을 잃어버린다. 절제하는 연습을 충분히 한다 하더라도 방심하는 순간을 '노름'의 고수들은 끈질기게 기다리기 때문이다. 밀림의 맹수처럼 먹이가 사정거리 안에 들어올 때까지 고수들은 기다리는데 익숙하다.

대바구니

강화도 화문석 문화관에서 화문석 만들기 체험을 했다. 지도사가 안내해주는 순서대로 판에다 줄을 매고 고정시킨 다음 물들인 왕골을 하나씩 날줄로 엮어나갔다. 짜다가 줄이 엉키면 도움을 요청해 가면서 씨줄과 날줄을 꼼꼼히 엮어갔다. 짜 가는 동안 무늬가 만들어지기 시작했다. 처음 짜보는 작업이라서 서툴렀지만 조금씩 익숙해져갔다. 다 짜고 나니 작고 귀여운 화문석이 탄생했다. 왕골로 이어가며 하나의 공간을 짜나가는 과정은 하나의 작은 세계를 만들어가는 과정이었다.

체험이 끝난 후 화문석 전시장으로 갔다. 거기에는 크기가 다양하고 무늬가 복잡하게 잘 짜진 화문석이 여러 가지 형태로 전시되어 있었다. 훌륭한 예술품에 탄복하였다. 화문석이 만들어지는 과정을 자세히 설명해 놓았는데 한 개를 짜내는데 꽤 오랜 시간이 걸렸다. 화문석을 짜는 일은 어렵고도 아름다운 일이었다. 무언가를 짠다는 일은 빈자리를 메워가는 일이다.

내가 아홉 살 때쯤에 만난 동네 아저씨가 생각났다. 그 아저씨는 바구니를 짜는 일을 하고 있었다. 그는 동네 북쪽 어귀에 작은 집에 혼자 살았다. 어느 날 나는 어머니 심부름을 가게 되었다. 쌀을 가져다주고 대바구니를 받아오라는 것이었다. 부모님이 농사지은 쌀을 자루에 담아 들고 낑낑거리며 아저씨를 따라갔다.

아저씨는 하반신 장애가 있어서 다른 사람들처럼 마음대로 밖으로 나다니지는 못하였다. 가끔 외출할 때 그는 단단한 나무토막을 짚고 다녔다. 그는 나무를 손에 맞게 다듬어서 앉은 자세에서 그것을 양손으로 짚고 다녔다.

아저씨의 집 둘레에는 참대나무들이 제법 울창하게 심어져 있어서 대나무들이 작은 바람에도 일렁거렸다. 방안 한쪽에 그릇 따위 살림도구가 가지런히 있었다. 다른 한쪽에는 대나무 껍질과 크고 작은 대바구니들이 자리하고 있었다. 천장 가까운 벽에는 대바구니들이 주렁주렁 매달려 있었다. 다양한 형태로 짜진 대바구니들, 다양한 크기의 대바구니들이 아저씨가 자신의 빈자리를 어떻게 짜갔는지 자세히 보여주었다.

아저씨는 나보고 앉아서 조금만 기다리라고 했다. 바구니를 만들어서 주겠다고 했다. 그는 먼저 굵은 대를 잘라서 길고 가늘게 쪼갰다. 쪼개진 대를 다듬고 손질해서 바구니를 짜기 시작했다. 아저씨는 대나무를 씨줄과 날줄로 엮어가면서 자신의 공간을 짜갔다. 얼마나 손놀림이 빠른지 대나무가 엮여 바구니가 만들어지는데 시간이 그다지 오래 걸리지 않았다. 그가 엮어낸 새로운 세상은 또 하나의 대바구니였다.

아저씨가 대바구니를 짜는 일은 생계수단이기도 했다. 동시에 장애로 인해 자신의 비어있는 공간을 채워나가는 방식이기도 했다. 대나무로 짜가듯이 다른 사람의 빈자리를 메워가듯이 비어있는 자신의 한 부분을 짜갔다. 불편한 몸이었지만 자신의 빈자리를 짜는데 능숙했다. 그가 짜낸 대바구니에는 그의 땀이 배어 있고 튼튼한 그의 마음이 스며있었다.

십일월인데도 찬바람이 불어왔다. 쭉쭉 뻗은 대나무 숲을 지날 때면 의연하던 그 아저씨가 생각나곤 한다. 불편한 몸으로 혼자 살아가면서도 세상의 찬 기운에 흔들림 없이 꿋꿋하게 자신의 여백을 짜내던 아저씨의 청정한 눈빛이 기억난다.

나는 빈자리를 무엇으로 짜고 있는가 생각해본다. 공허를 무엇으로 짜서 메워나가고 있는가. 봉사단에 합류하여 무료급식소에서 봉사를 하면서 하루를 짜나가기도 한다. 때로는 어린이도서관에서 책읽어주기로 하루를 짜기도 하고 가족을 위해서 요리로 빈자리를 짜기도 한다.

염색된 왕골로 씨줄과 날줄 엮어 아름다운 화문석을 짜가듯이, 거친 손으로 매끈한 대나무를 집어 들고 바구니를 짜가듯이 누구나 무언가를 종일 짜기도 한다.

거미가 거미줄을 이용하여 허공에 집을 짓듯이 누구나 자신의 공허를 짠다. 고달픈 가운데서도 묵묵히 공간을 짜낸다.

오늘도 촘촘하고 매끈하게 잘 짜진 대바구니 하나 갖고 싶다.

서른 살의 냄비

내가 아껴 쓰는 스텐리스 스틸 18-10 쿠진(cuisine) 냄비가 있다. 동생이 첫 월급타서 큰 맘 먹고 사준 냄비세트다. 신혼 초기라 유용한 선물이었다. 냄비들은 윤기가 나고 반들반들해서 얼굴이 비춰질 정도였다.

나는 양옥주택 서편 방 두 칸짜리에 전세로 살았다. 지은 지 오래 되었지만 깔끔하고 주변이 조용한 주택지라서 맘에 들었다. 그 집은 남향이라 볕이 잘 들어서 겨울에는 따스한 느낌을 듬뿍 주었다. 결혼 후 아이를 낳고는 친정집에서 한 달 동안 지냈다. 당시 남편과는 주말부부로 지냈다. 한 달 후에 아기를 데리고 그 집으로 다시 들어갔다. 아이 젖이 모자라 곧 분유도 먹이기 시작했다. 18센티미터 냄비는 아기 젖병을 삶아 소독할 때 자주 사용했다.

십이월 어느 하루 오후였다. 감기가 심해 감기약을 복용하고 잠시 쉬던 참이었다.

"쨍그랑!"

유리창이 깨지는 소리가 귀청을 찢었다. 깜짝 놀라 눈을 떴다. 창문을 바라본 순간, 시커멓고 거대한 연기가 악마의 회오리처럼 깨진 창틈으로 힘껏 쏟아져 나가는 게 꿈결처럼 보였다.

"새댁! 새댁! 괜찮은 거야?"

주인아주머니의 높고 찢어지는 듯한 다급한 목소리가 들렸다. 소스라치게 놀라 내 몸을 일으켜보니 온 방안이 시커먼 연기로 자욱했다. 감기약에 취해서 잠이 들어버렸던 것이다. 가슴이 철렁했다.

아차. 나는 얼른 부엌으로 달려가 가스불을 껐다. 그리고 문을 열었다. 얼른 아기를 안았다. 다행이 아기와 나는 무사했다. 문 앞에는 아주머니 외에도 주변에 여러 사람이 있었다.

"연기가 마구 난다고 이웃사람들이 달려왔어. 문틈으로 시커먼 연기가 자욱하게 나더라고. 아무리 불러도 대답이 없고 문을 마구 두들겨도 대답이 없어서 망치로 창문을 깨트렸어."

창밖에는 깨진 유리창이 사방에 흩어져 있었다.

젖병을 삶아 소독한다고 냄비에 넣은 후, 잠자는 아기

곁에서 잠시 쉬는 중에 감기약에 취해서 곯아떨어져버렸던 것이다.

얼른 봐도 냄비가 엉망이었지만 놀란 마음에다 그때는 아기 신경 쓰느라 정신이 없었다. 아기를 안고 주인아주머니 댁 거실에서 마음을 진정시키느라 몇 시간을 쉬었다. 그날 밤은 거의 새다시피 하며 잠을 이루지 못했다. 불안하고 놀란 마음이 완전히 가라앉지 않았다.

이튿날 냄비의 실체를 보기위해 일어났다. 찬 공기가 코를 자극하는 겨울 아침이었다. 냄비 속에 소독하려고 넣은 젖병은 형체가 없어졌다. 참으로 가슴 시린 경험이었다. 젖병은 열기에 녹아서 온통 찌그러져버린 플라스틱 찌꺼기만 남아있었다. 일부는 녹아 냄비 안에 지저분하게 달라붙어 있었다. 냄비 속은 새카맸고 냄비 겉에도 녹아 눌러 붙은 플라스틱 잔해로 얼룩 투성이였다. 그렇게 빛나던 냄비의 모습은 간 곳 없었다. 뚜껑마저 지저분하고 검정얼룩으로 엉망이었다. 뚜껑 손잡이 검고 단단하던 플라스틱 부분이 일부 녹아서 스텐리스 스틸 냄비에 검은 용암처럼 흐르다 굳어진 모습이었다. 냄비본체는 양쪽 손잡이부분의 검정플라스틱부분이 녹아서 시커먼 플라스틱이 어지럽게 엉겨 있었다. 처음에는 냄비를 버려버리고 싶었다. 버려버리고 전날의 실수나 오점을 깨끗이 잊어버리고 싶었다. 너무 엉망이 된 냄비 모습을 보는 일이 속상하여 나도 모르게 냄비를 외면해 버렸다.

감기약을 먹고 곯아떨어진 그 순간이 끔찍했고 아기를 생각하면 미안했고 아기가 다행이어서 참으로 감사했다. 그럼에도 냄비를 보는 것은 고통이었다. 자꾸 나의 실수를 떠올리게 하는 게 싫었다. 냄비를 치워버리면 모든 것이 깔끔해질 것 같았다. 다른 식구들 모르게 치워버리고 싶었다. 그러나 막상 버리려니 선물한 동생에게 미안한 마음이 들었다. 냄비에게도 미안한 생각이 들었다. 가스안전에 늘 신경 쓰던 내게 오점 같이 여겨졌다.

오기가 났다. 버리지 않으려면 냄비를 닦아서 얼룩을 제거해야할 것이었다. 곰곰이 궁리하던 중에 어릴 적에 어머니와 할머니, 큰어머니가 놋그릇 닦던 풍경을 떠올렸다. 그들이 마당 한구석에 자리를 깔고 정성껏 짚과 재를 가지고 많은 수의 놋그릇을 닦아 윤기 나게 만들던 모습이 그려졌다.

조상을 위한 제사상을 차리기 전에 집안의 여자들은 놋그릇을 정성들여 닦곤 했다. 어느 시대건 삶이 그리 녹록하지 않았으리라. 여인들은 말 못할 고민들을 털어내듯이 놋그릇에 묻은 얼룩들을 닦고 또 닦아냈으리라. 도란도란 이야기를 하면서 지루하고도 고된 집안일들을 삭여냈으리라. 그릇을 닦다보면 몰입하여 자질구레한 일상을 잠시 잊어버리게 된다. 그리고 다 닦아냈을 때의 그 환희! 반짝이는 그릇을 보면서 일상의 마음의 때를 한번 닦아낸 듯한 흐뭇하고 정갈한 느낌을 맛보리라.

'그래 한번 닦아보자. 닦다보면 어느 정도 냄비의 제 모습이 돌아오겠지. 희망을 가지고 용기를 내보자.'

아기를 주인아주머니에게 맡기고 냄비 닦을 채비를 했다. 짚과 모래를 구해다가 집 모퉁이 빨래터에 자리를 깔고 냄비 본체를 닦기 시작했다. 놋그릇 닦던 어머니, 할머니의 정성을 떠올리며 나의 불찰을 닦아내기 시작했다. 돌처럼 굳어진 시꺼먼 플라스틱 찌꺼기는 달라붙어 처음에는 꿈쩍하지 않았다. '이왕 시작한 것이니 부딪쳐보자.'

힘들이고 정성을 들여 꼼꼼히 닦았다. 한참을 애썼지만 껌정 얼룩투성이 냄비는 쉽사리 닦여지지 않았다. 낙담할 뻔 했지만 포기하지 않았다. 닦고 또 닦았다. 시커멓게 녹아 달라붙어 있는 플라스틱 덩어리 얼룩이 아주 조금씩 엷어져가는 것이 보이기 시작했다. 그러자 조금씩 힘이 나기 시작했다. 손가락에 힘을 주고 손으로 힘껏 닦기를 계속했다. 참으로 열정적으로 냄비 닦기에 몰입했다. 얼마나 오래 닦았는지 나중에는 팔이 저리고 어깨가 쑤셔오기 시작했다. 차츰 냄비 본체가 빛나는 스텐리스 스틸의 모습을 드러내기 시작하자 더욱 힘이 솟아났다. 피곤할 줄도 모르고 힘을 내어 꼼꼼히 닦았다. 잃어버렸던 냄비의 윤기가 점점 더 많이 나기 시작하자 내 맘도 환해져왔다. 냄비 모습을 어느 정도 되찾은 데에 기쁨과 안도감이 일었다.

냄비뚜껑을 닦는 데도 오래 걸렸다. 형체를 잃어버렸던 뚜껑이 어느 정도 본래 모습으로 돌아왔다. 냄비뚜껑이 본래의 온전한 윤기를 다 찾지 못했지만 제법 윤기가 회복되어서 만족감이 일었다.

그 사건의 후유증으로 가스안전 강박증이 생겼다. 때론 그것이 성가시고 힘들 때도 있었다. 문을 잠그고 나가다가 다시 들어와서 확인하는 일이 반복되었다. 한동안은 그 불안감 때문에 맘고생을 했다. 그러다가 어느 순간 생활의 일부로 받아들이기로 마음을 먹었다. 그러자 무겁던 마음이 조금은 가벼워져 그런대로 지낼 만 했다.

어느 순간부터는 그것을 좋은 습관으로 여기고 있다. 가스안전 등 생활환경에서 접하는 여러 가지 안전에 대해 조심하는 것은 지나침이 없다고 생각하기 때문이다.

일 년 전에는 가스안전 타이머를 부착했다. 그러고 나서는 마음이 놓이고 안전강박증은 좀 둔해졌다.

그 냄비의 나이가 이제 서른 살이 되었다. 험해진 모습을 닦으며 친해진 냄비는 그때 일을 통해 부엌살림의 한 역사로 자리매김해서 나의 결혼생활의 귀퉁이에 버젓이 존재한다. 냄비를 보면 그때의 놀람은 희미해지고 아끼며 사용해온 친밀한 정이 스며들어 있다. 여전히 오늘도 부엌 한 구석에서 나의 사랑을 받으며 냄비로서의 삶을 다하고 있다.

며칠 전에 나는 새로운 냄비 16센티미터 한 개를 샀다. 쿠진 18센티미터 냄비는 이제 가끔 사용하고 새 냄비를 쓰려고 한다. 나의 인생의 때가 묻은 냄비에게 휴식을 주고 싶다. 상처투성이 냄비를 보면서 세월에 긁힌 나도 돌아본다. 세상과 사람에게 상처 받고 고통을 받은 적도 많지만 아물고 단단해져 이제 그것들은 하나의 흉터이기도 하지만 나의 관록이고 기록이다. 찬란한 윤기에 덧입혀진 통한과 눈물의 날들이 엉겨져 그 자체가 아프고 정겨운 역사이기도 하다.

어느 새 냄비는 나와 친해져서 부엌과 나를 이어주는 끈 같이 여겨진다. 삶의 고비마다 얼룩지는 마음, 그런 얼룩을 닦아내다 보면 어느새 조금은 빛이 새어 들어오는 새로운 길로 들어서고 있다는 생각이 든다. 한때의 실수나 잘못으로 삶의 진탕에 발이 빠져 허우적거릴 때 견디기 어려울 정도로 고통스러울 때 한번쯤은 전신에 얼룩진 흙탕물을 털고 일어서야 한다는 생각이 일 때가 있다. 거기서 머물 것이 아니라 흙을 털고 기어서라도 나오면 햇살이 있고 바람이 길을 안내해줄 것이다.

그렇게 오랫동안 정이 듬뿍 든 냄비를 이제 재활용 자루에 넣어 내다버려야 할지 수납장 한 구석에 넣어 보관해야 할지 고민을 하고 있다. 아무래도 냄비와의 인연을 쉬이 끝내버리지 못할 것 같다. 냄비를 버릴 날이 언제가 될지 나는 알지 못한다. 아마도 나는 그 냄비와 함께 나이가 들어갈 것이다.

4부

노랑, 아버지의 자전거

휘영청

밥은 살아가는 데 필요한 힘이 되기도 하고 위로가 되기도 한다. 밥을 먹지 않으면 허기져 죽을 수도 있는 일이다. 나는 오곡밥 한 그릇을 먹으면 온 세상이 다 휘영청 환해진다.

대보름 전 날 달이 휘영청 밝다. 오곡밥 재료를 준비할 때마다 떠오르는 추억이 있다.

신혼 초 남편은 다른 도시에서 직장생활을 하고 있었다. 시부모님은 시집 온 지 몇 달 안 된 며느리가 혼자 생활하는 것을 안쓰러워하였다. 대보름날 아침에 간소한 오곡밥을 지어먹으려고 준비하는데 문밖에서 초인종 소리가 들렸다. 문을 열었더니 시아버지가 보따리 하나를 들고 서

있었다.

"아버님, 그게 무엇인가요?"

"네 어머니가 오곡밥을 너에게 가져다주라고 해서 심부름 왔단다."

시어머니는 꼭두새벽에 밥을 지어서 시아버지에게 소도시에 살고 있는 며느리한테 가져다주라고 부탁을 한 모양이었다. 아버지는 어스름한 새벽에 가끔씩 다니는 버스 첫차를 타고 바구니에 담은 밥이 쏟아질세라 소중한 보물처럼 품고 소도시까지 직접 왔다.

나는 새벽부터 밥을 지어 소쿠리에 고이 담은 어머니와, 흔들리는 버스에서 밥이 옆으로 쏟아질까봐 소쿠리를 꼭 껴안다시피 해서 잘 잡고 새벽 첫차를 타고 버스에서 내려 한참을 걸어 왔을 아버지의 정성에 감복해서 목이 메었다.

"애야 천천히 먹어라. 나는 할 일이 많아 집으로 간다."

하고는 아버지는 시골집으로 곧 출발하였다.

사실 결혼 전에 친정어머니가 해준 오곡밥을 오랫동안 맛있게 먹어왔다. 그럼에도 그날의 밥이 특히 기억에 남아 있다. 결혼 이후 혼자 낯설고 물 설은 환경에서 적응하려고 애쓰고 있었다. 새로운 환경은 나를 긴장시켰고 일이 서투른데다 혼자 생활하고 있어서 자못 의기소침해 있었다. 그러던 터에 그 밥은 뜻밖에 받은 따뜻한 위로였다.

그날 아침에 나는 어머니가 해 준 밥을 참 맛있게 먹었다. 대추, 밤, 찹쌀, 조, 수수 등으로 만든 밥, 시부모님의 정성이 듬뿍 들어간 밥은 쉽게 맛볼 수 없는 밥이었다. 그 밥을 먹으며 기뻤고 힘이 났다. 밥을 품고 온 대소쿠리를 보물처럼 챙겨서 두고두고 보면서 그 따스함과 고마움을 되새기곤 했다. 결혼 후, 익숙하지 않고 어려워 쭈뼛거리며 지내던 시댁과의 관계는 어른들의 노력으로 조금씩 융화되고 적응되어갔다.

그날의 한 소쿠리의 밥은 그냥 밥이 아니었다. 나에게는 생각하는 밥이었다. 내 마음 안에 휘영청 뜬 보름달 같은 환한 밥, 그런 것을 기억하는 밥이었다. 겨울 새벽의 찬 기운 한가운데를 헤치고 온 밥이었다. 희끄무레한 이른 아침, 하얀 입김을 내 쉬며 먼 길 온 어머니, 아버지의 손길이 묻은 밥은 가슴 속에 남아서 여전히 따스한 훈기를 뿜어냈다.

내가 정신적으로 허기져 있을 때, 실의로 흔들릴 때, 어김없이 그날 새벽의 밥이 떠올랐다. 주린 정신을 채워주고 실망한 마음을 위로해주며 일으켜 세워주는 힘이 되었다. 외로울 때도 배가 고프면 그 밥이 스르륵 다가왔다.

압력밥솥이 추가 시끄럽게 돌아가는 소리가 들린다. 오늘은 누군가에게 줄 수 있는 아주 맛있는 밥을 한 솥 가득 하고 있다.

주걱으로 밥을 퍼서 공기에 담는다. 네 식구들 밥과 이웃에 나눌 밥을 밥상에 차례대로 올려놓는다. 밥공기마다 달이 뜬다. 밥공기 주변이 환해진다. 따뜻한 밥심이 달빛처럼 은은하게 비친다. 밥 한 그릇에 우주를 떠받칠 만한 기운이 스며든다. 휘영청 보름달이 상위에 여러 개 떠서 우리의 앞길을 가슴까지 환하게 비춰주고 있다.

이 보름달을 가방에 넣어서 달을 나눠주러 집을 나갔다.

오래 된 냄새

며칠 전에 오래된 동네에 갔다. 차도와 인도가 구별 없는 도로는 몹시 좁았다. 군데군데 주차까지 되어 있어서 불편하기까지 했다. 하지만 구불구불한 골목길을 따라가면서 어수선하게 들쑥날쑥 이어지는 가게를 만나면 한편으로 반갑기도 했다. 허름한 작은 가게를 지키는 덥수룩한 아저씨는 지나가는 이웃에게 눈인사를 할 때면 정겨웠다. 음식 쓰레기 봉지를 누가 내다버렸는지 터져서 냄새가 코를 찔렀다. 냄새가 어지러운 골목길을 걷다가 문득 오래 전에 들렀던 모로코 페스의 미로가 떠올랐다.

아프리카 모로코의 도시 '페스'는 놀라운 장소였다. 사방으로 복잡하고 좁은 골목길이 헤아릴 수 없이 많았다. 잔발이 마구 돋아나는 기이한 식물처럼 골목이 이리저리로 이어지고 뻗어있었다. 그 미로는 세계 어느 골목과도 비교할 수 없을 정도로 촘촘하게 얽혀 있었다. 페스는 중세시대에 세워진 도시로 오늘날까지 그대로 유지되고 있다는 사실이 놀라웠다. 12세기 중세에 쓰던 공동수도를 지금도 그대로 쓰고 있었다. 고대도시이자 세계 최대의 미로라고 알려진 구시가지, 메디나에는 볼거리가 많았다. 메디나 안에는 일만 구천 개의 골목이 거대 거미줄처럼 어지럽게 얽혀 작은 상점들의 거대한 집합소 같았다. 골목마다 다채롭고 다양한 물건들을 파는 가게들이 즐비했고 없는 게 없었다. 누구나 한 번 발을 들이면 각양각색의 구경꺼리에 정신을 팔기 십상이었다.

나는 난생 처음 보는 신기한 물건들을 진열한 골목 가게를 이리저리 보며 걸었다. 그런데 골목을 끼고 있는 건물이 하도 많아서 어떤 가게 앞에서 물건을 구경하느라 두리번거리다가 길을 잃었다. 사방으로 연결된 골목길에서 진기한 물건을 잠시 넋을 잃고 바라보았는지도 모르겠다. 일행을 그만 놓쳐버렸다. 아무리 둘러보아도 모두 낯설어 당황했다. 길을 잃었다고 느끼는 순간 눈앞이 캄캄하고 머리는 아득해져 순간 겁을 먹었다. 이 낯선 곳에서 길을 잃었다는 자체가 공포에 가까웠다.

모든 길은 통한다. 하지만 너무 많은 길은 선택하기 어럽다.

사람 물결이 쉴 새 없이 흐르는 골목길에서 나는 불안하고 어지러웠다. 나는 옆을 보고 뒤를 돌아보고 그 자리에서 초조하게 기다렸다. 내가 움직이면 가이드는 정말 나를 놓칠지도 모를 일이었다. 불안한 마음으로 떨고 있는데 가이드가 나를 찾으러 복잡한 골목길을 되돌아와서 겨우 만났다. 구원병을 만나 너무 반가웠고 안도의 숨이 흘러나왔다.

길을 잃는다는 것은 길을 찾을 수 있다는 말도 된다. 같은 길이 아니더라도 다른 길을 찾아가는 방법이 있다. 그래도 가이드가 있다면 얼마나 좋겠는가. 하지만 인생길에는 가이드가 따로 없다. 헤매다가 전진하든지 돌아가든지 옆길로 가든지 자신의 길을 갈 뿐이다. 헤매더라도 상관없다. 헤매면서 새로운 것을 경험하기도 하니까.

페스 여행에서 특히 기억나는 것은 미로 외에도 두통을 일으키는 냄새였다. 그 냄새는 역했고 독했다.

페스는 예로부터 천연염색 작업장 '테너리'로 유명했다. '테너리' 근처에 들렀을 때는 심한 냄새 때문에 나는 두통이 났다. 건물 위층에서 작업장을 내려다보았다. 거기에는 다양한 색깔의 염료가 든 돌 항아리들이 사방으로 줄지어 있었다. 무두질한 가죽을 염색하는 작업장이었다. 작업하는 일꾼들이 몇 명 보였다. 일꾼들은 소나 양의 가죽을 항아리 안에 넣어 씻거나 염색했다. 그들은 염색이 끝나면 흙벽에 걸어 말리는 작업을 이어서 했다.

건물 쪽으로 심한 악취가 바람에 실려와 구토할 지경이었다. 염료 항아리에 넣은 동물 배설물 때문에 악취가 나는 것이라고 가이드가 설명해주었다. 화학약품 대신에 전통방식의 염색법으로 비둘기 따위의 새똥이나 소 따위의 동물 오줌을 염색촉매제로 사용하기 때문이라고 했다. 모든 염색과정이 사람의 손으로 이뤄지는 수공업형태라서 하나부터 열까지 직접 손으로 염색한다는 것이었다. 작업공이 염색물에 동물 배설물을 넣고 손으로 오랫동안 섞는 작업을 한다고 했다.

잠시 맡은 냄새에도 나는 매우 고통스러워서 참기 어려웠다. 작업장에서 종일 일하는 염색작업공은 악취를 어떻게 견딜까. 무더운 날씨에도 아랑곳 하지 않고 일꾼들은 염색작업에 열중하는 모습이었다. 허리를 깊이 굽히고 항아리에 가죽을 넣어 흔들면서 적시는 모습이 바라보기에도 힘들어보였다. 그들은 가죽을 꺼내고 다시 넣는 극한 작업을 끊임없이 해내고 있었다. 심한 악취와 싸우며 쉴 새 없이 노동을 하고 있는 염색공들은 보기에도 안쓰러웠다. 21세기의 같은 공기를 마시는 사람들이 아닌가. 그럼에도 그들은 악취 나는 지옥 같은 중세시대에 아직도 살고 있었다.

오래된 냄새는 때로는 고통스럽기도 하고 때로는 추억을 불러오기도 한다. 어떤 냄새는 강한 기억처럼 어딘가에 숨어 있다가 불쑥불쑥 나타나기도 한다. 바람결에 날려 오기도 하고 음식 따라 오기도 한다.

기억의 미로를 따라 오는 냄새 중에 엄마의 냄새가 있다. 특히 어머니가 해주던 무채 무침 맛이 기억난다. 무채무침을 먹으면 어머니가 무를 총총 썰어 고추장, 고춧가루 등의 양념을 무쳐내던 모습이 파노라마처럼 이어지고 상위에 놓이던 무채무침이 기억난다.

모로코 카사블랑카도 기억난다. 여명이 트는 하늘을 배경으로 선 하산모스크 사원은 고고한 분위기를 자아내며 경건함으로 둘러싸여 있었다. 파도소리만 들리는 사원 주변을 걸었다. 고양이 한 마리가 사원 주변을 어슬렁거리며 걸었다. 사원에서 만난 고양이는 색다르게 다가왔다. 어떤 메시지를 전해주려는 신의 전령사처럼 신비롭게 여겨졌다.

점차 강해지는 아침햇살 밝기에 따라 하산모스크의 음영은 시시각각으로 다르게 빛났다. 하산모스크에서 아침햇살에 맞추어 기도했다. 지독한 냄새 속에서도 천연염색을 해내는 페스 테너리의 작업공들에게 21세기의 빛이 비추기를 말이다.

힘들고 가슴 아픈 냄새는 파도에 실려 사라지고, 기분 좋은 냄새가 페스 테너리에 가득해지기를 말이다.

모로코에 갔네
페스
호화로운 왕궁 금빛 문이 햇살에 빛났네

메디나 구불구불한 뒷길을 걸었네
가죽 염색작업장 테러니를 보았네
테러니에서 사내가 무두질하고 있었네
짐승의 분뇨를 풀어 섞은 물통에
가죽을 무두질하는 사내
뻣뻣한 가죽이 부드러워지는 동안

분뇨냄새가 진동하는 작업장에서
빡빡한 삶도 무두질하고 있었네
냄새 밴 옷깃이 더 낡아져가도
후각이 냄새에 마비되어가도
빡빡한 나날은 부드러워질 줄 모르네

박하향기 맡으며 냄새를 좇는 나그네

사내의 진한 삶의 향기를 쫓지 못하네

땀방울 섞어 만든 가방이
무겁고 냄새나는 테라니 밖으로 걸어나오네
사내의 열정이 초록빛으로 눈부시네
유클립스 이파리보다 푸르게 팔랑거리네

〈모로코 페스〉 전문, 권순자

주택가 낡은 양옥집 담벼락 곁을 지나갈 때 구수한 된장국 냄새가 실려와 기억을 자극했다. 오래된 냄새는 나를 데리고 어제의 시간 속 미로를 달려 골목길 끝 어머니의 집으로 나를 데리고 간다. 망처럼 얽힌 기억의 길 어디쯤에서 어머니와 내가 웃으며 서 있다.

아버지의 자전거

낯선 길을 따라 걸었다. 길옆에는 공원이 펼쳐져 있었다. 신록이 파릇파릇하게 나뭇가지를 깨우는 봄날이었다. 햇살을 받은 푸른 잎들이 연두빛 꽃잎처럼 팔랑거리며 바람을 타고 있었다. 어린아이가 자전거를 타며 바람에 짧은 머리카락을 나풀거리고 있었다. 작은 공원에는 자전거 타는 아이들이 몇 명 더 있었다. 아이가 페달을 밟으며 전진하는 모습을 보면서 내가 처음 자전거 페달 밟던 운동장이 떠올랐다.

아버지의 자전거를 떠올린 때면 가슴 한쪽이 아려온다. 아버지는 일하느라 늘 바빴다. 나는 학교 다니고 때때로 어머니를 돕느라 바빴다. 나는 가끔 아버지가 마당 한 구석에 세워둔 자전거를 가까이에서 유심히 살펴보곤 했다.

'저것을 타면 재미있을 것 같아. 저걸 타고 학교에 가면 좀 더 편하고 빨리 갈 수 있을 텐데.'

나는 감히 아버지에게 가르쳐달라고 말하지 못했다. 그럼에도 아버지는 눈치를 챈 것 같았다. 어느 날 아버지가 집안일에서 잠시 나를 해방시켜주었다. 나에게 자전거 타는 법을 가르쳐 주겠다고 말했다.

일요일 오후 아버지를 따라 초등학교 운동장으로 갔다. 정문 앞 아름드리 느티나무는 키가 크고 가지가 우거져서 멀리서도 나무가 잘 보였다. 나무는 동네 끝자락 모퉁이에 턱 버티고 교문과 길을 지나가는 사람들을 내려다보았다. 그 나무 밑을 지나가면 운동장이 바로 펼쳐졌다. 학교 운동장에는 사람이 별로 없고 한산했다.

"겁내지 말고 한번 타봐."

아버지는 용기를 주었다. 눈으로만 바라보던 자전거에 처음 타려니 마음이 떨렸다. 내가 안장에 겨우 앉아 운전대를 잡고 균형을 잡으려고 하다가 금방 넘어졌다. 자전거 타기 연습은 생각보다 쉽지 않았다. 아버지가 뒤에서 잡아주다가 손을 놓으면 자전거는 중심을 잡지 못하고 비틀비틀 하다가 옆으로 넘어졌다.

아버지의 자전거는 어른용이라 좌석인 안장부분이 나의 신장에 비해 너무 높았다. 게다가 낡아서 체인부근에서 이상한 소리가 나기도 했다. 운동장을 두어 바퀴 돌다보니 조금은 탈수 있게 되었다. 정강이가 깨지고 종아리 쪽에도 긁힌 자국이 심했다. 그래도 혼자 탈 수 있게 되어서 기뻤다. 운동장 안에서만 뱅글뱅글 몇 바퀴 돌았다. 교문 밖으로는 나가지 않았다.

자꾸 넘어지고 상처가 나도 아픈 줄 몰랐다. 평소에는 엄하기만 한 아버지가 난생 처음 자전거 타는 걸 가르쳐주겠다고 학교 운동장으로 데려갈 때 처음에는 솔직히 겁나서 싫었다. 그러면서도 한편으로는 자전거를 타보고 싶었다. 자전거를 통해서 나는 또 다른 세상으로 나아가고 싶었다.

자전거가 넘어지고 나도 넘어지고 해도 다시 자전거를 세우고 내가 안장에 제대로 앉도록 아버지는 세심히 도와주었다. 화 내지 않고 응원하고 격려해주면서 잡아주고 안심시키던 아버지가 좋았다. 무서웠지만 그 순간만은 무섭지 않던 아버지였다. 말수는 적었지만 필요한 말은 하였다. 하여튼 자전거 타기 연습은 재미있는 놀이의 시작이었다. 될 때까지 잡아주고 밀어주고 지켜봐 주는 일이 아버지의 일이었다. 자전거는 아버지가 늘 사용하므로 내가 탈 기회가 그리 자주 없었지만 그것만으로도 충분히 재미있었고 함께한 즐거움이 컸다.

아버지의 자전거는 매우 낡았다. 아침마다 어머니가 준비한 도시락을 자전거 뒤쪽 짐칸에 얹고 출근하였다. 자전거는 나의 놀이기구이기도 했고 아버지의 출퇴근교통수단이기도 했다.

낡은 자전거를 보면 자전거 페달을 밟느라고 몸이 좌우로 교대로 기울던 아버지의 뒷모습이 떠오르기도 한다. 또는 앞모습이 떠오르기도 한다. 자전거 덕분에 아버지와의 즐거운 한 때를 보낼 수 있어서 낡은 자전거를 떠올릴 때마다 아버지의 자애로운 웃음도 덩달아 떠오른다. 다른 사람이 자전거 타는 모습을 볼 때면 가끔 아버지의 엄격한 얼굴 위로 자전거 놀이할 때의 자상한 표정이 겹쳐져서 떠올라 기분이 좋아진다.

낯선 동네에서 약속장소를 찾으려고 발을 멈추고 핸드폰 지도를 들여다본다. 새로운 길을 찾아갈 때에는 항상 약간의 불안과 호기심과 흥분이 따른다. 이 나이가 되도록 새로운 장소를 찾아갈 때면 아버지가 등 뒤에서 자전거 가르쳐줄 때 해주던 이야기가 생각난다.

자전거 배우기는 세상을 홀로 두 바퀴를 돌리며 살아가는 일과 닮아있다. 아이나 나나 아버지의 아버지도 어른이 되어가면서 홀로 서기를 해야 한다. 홀로서기를 하면서 두렵고 또 넘어지면 어떡하나 불안에 떨기도 한다. 혼자 가다가 위험한 구간을 만나면 어떡하나, 홀로 가는 길에 넘어지면 어떡하나 할 때마다 아버지가 등 뒤에서 앞만 보고 페달을 밟아라, 두려워하지 말고 앞으로 페달을 밟고 나아가라 하던 말씀이 있었다. 그 말이 등 뒤에서 들려오는 듯하다. 현실에서 내가 자전거를 타고 가는 것은 아니지만 인생을 살아가는 일이 자전거를 타고 가는 일과 똑같다. 가끔씩 내가 혼자 길을 걸어갈 때 아버지의 그 목소리가 등 뒤에서 들려오는 것 같다.

어릴 때 아버지가 자전거 타는 법을 가르쳐 주면서 해주었던 말이 지금의 나이에도 살아가면서 지침이 된다.

파란 가로등 아래 녹슨 휴지통

서쪽 하늘이 붉게 물들고 있어. 휴지통! 네 이마에도 노을이 스러지지? 이제 조금 지나면 어둠이 내 몸을 건드리겠지. 곧 파란 불빛이 어둑어둑한 골목을 밝혀줄 거야. 네 이름이 너무 길어서 너를 '통이'라고 불렀어. 그래도 되지? 친구! 오늘은 누가 이 골목을 서성대고 있을까. 나는 파란 마음으로 그 쓸쓸한 사람의 등을 다독거리고 있겠지. 한동안 내게 기대 서 있다가 울컥거리는 그는 통이를 안고 주저앉을 거야. 생각해봐. 통이야! 녹슨 너를 끌어안고 밤마다 우는 그들은 어디서 왔을까. 골목 끄트머리 저 먼 곳에서 걸어와 밤새 나와 통이 주변을 번갈아 가며 맴돌다가 훠어이 새벽이 오면 골목 끝으로 사라지지.

통이 친구, 너랑 처음 만났던 순간을 나는 기억해. 그땐 나도 너도 산뜻한 시절이었어.

처음에 통이 너를 보았을 때, 연두색 나뭇잎들보다 더 푸르고 깨끗했어. 에메랄드 보석처럼 햇빛에 피부가 빛나고 고왔지. 정말 눈이 부실정도로 푸르게 빛나더라.

그래, 나도 가로등 너를 처음 만나던 날이 기억나. 나도 너를 '등이'라고 부를게. 그때 등이 너도 무척 아름다웠어. 네가 불을 켜면 얼굴이 영롱하게 빛났지. 사파이어처럼 파란 눈을 들어 구석에서 우두커니 있는 나를 그윽한 눈으로 바라보곤 했어. 내 가슴이 얼마나 따뜻하고 즐거웠는지 지금도 그때 생각하면 기분이 좋아져.

통이 너는 끈기가 대단한 친구야. 궂은 날이든 맑은 날이든 아랑곳하지 않고 일해 왔잖아. 세상에 어떤 일꾼이 너처럼 하루도 쉬지 않고 일할 수 있겠어? 비바람이 불든 눈비가 오든 변함없이 일하는 너를 볼 때마다 가슴이 찡하더라. 너는 인내심도 참 강한 친구야. 지난 저녁 일이 생각나는구나. 어제 저녁에는 지나가던 한 사나이가 네 주변에 머물렀지. 그는 넥타이를 풀어헤치고 재킷은 어깨에 걸친 채 네 앞으로 비틀거리며 가더군. 네가 눈을 껌뻑거리며 그 사내를 차분히 쳐다보더라. 그는 네 주변을 서성거리며 중얼거리더라.

'아, 오늘이 어머니 제사인데 고향에 못 내려갔어. 나는 정말 불효자야. 어머니 살아계실 때 속 엄청 썩였는데. 흑흑. 이제 돌아가신 뒤에 기일도 못 챙겨드렸어. 오늘 김 과장이 퇴근시간 다 되어 가는데 나를 붙들고 갑자기 일을 시키는 바람에 시간이 너무 지체되어버렸어. 김 과장 그는 매정한 사람이야. 흑흑. 어머니, 저를 용서해주십시오. 제가 오늘도 불효를 했습니다. 어머니.'

통이 친구야, 너는 그 남자의 중얼거리는 이야기를 말없이 들어주고 눈물을 흘리더구나. 너는 마음이 참 따뜻한 친구야. 나도 그 사내의 사정이 딱해 보이긴 하더라. 그래서 불빛으로 사내의 어깨를 어루만져 주었지.

'힘내요, 아저씨. 당신의 어머니는 하늘에서 별로 반짝이며 내려다볼 거예요. 아저씨의 모습을 바라보며 이해해줄 거예요.' 나는 그에게 가만히 중얼거렸어.

등이 친구야, 너도 애 많이 쓰는 걸 내가 제일 잘 알지. 언제나 고개 숙이고 서서, 지나가는 사람 발길 비춰주지. 목이 아플 텐데 남의 앞길 비춰주느라 꿋꿋한 네가 정말 자랑스러워. 등이 친구, 너야말로 생각이 참 깊은 친구야.

통이 친구야, 네 인내심은 누구도 흉내 낼 수 없을 정도로 강해. 지나가던 사람들이 오물을 네게 털어내면 다 받아주잖아. 보통 사람들은 조금만 몸을 잘못 스쳐도 버럭

화를 내지.

오늘 오후에 담배를 꼬나물고 너를 지나던 한 젊은이는 담배꽁초를 네게 던지고는 그것도 모자라 너를 운동화 발로 탕탕 차고 가더라. 그 녀석 가관인 것이 한 두 걸음 더 가다가 길바닥 돌멩이 한 개를 퍽 차는 바람에 하마터면 다른 사람이 맞을 뻔했지. 순간 깜짝 놀랐어. 그 사람이 다치지 않고 아무 일 없어서 가슴을 쓸어내렸지 뭐니.

통이 친구야, 너는 세상을 깨끗하게 구제해주는 천사 같아. 사람들이 이것저것 온갖 쓰레기 다 쏟아 넣어도 너는 말없이 받아주잖아. 오물냄새에 몸이 밤새 젖어 지독한 냄새를 풍겨도 너는 몸이 튼튼한지 잘 버티어내더라. 두통이 심하지 않았니?

등이 친구야, 내가 맡은 일이 쓰레기 받아주는 일인데 뭐. 냄새도 적응하면 그런대로 견딜 만 해져. 하지만 아무거나 집어넣다가 입구를 막아버리는 사람들 때문에 곤혹스러울 때도 있어.

통이 네가 없으면 세상이 어떻게 될까? 주변이 점점 더러워져서 어지러울 거 같아. 네 고생 덕분에 이곳이 늘 깨끗하게 유지되어 온 거지. 통이 친구야, 너는 없어서는 안 될 꼭 필요한 존재야.

내가 해야 할 일이지. 그래도 등이 친구야, 네가 그렇게 말해 주니 정말 뿌듯하고 기분이 좋아.

통이야, 너와 나 함께 한 지도 꽤 되었지? 네 초록빛 에메랄드 피부가 비를 맞고 햇볕에 바래서 녹슬어버렸지. 칠이 벗겨지고 온몸에 긁힌 자국도 많지?

등이야, 네 모습도 많이 달라졌어. 어둔 길 비춰주느라 등이 친구, 너는 밤새 잠들지 않고 새벽 동이 틀 때까지 깨어있었지. 너는 어두운 밤길을 지키는 파수꾼이야. 오랜 세월 동안 등이 너는 몸을 돌보지 않고 맡은 일에 충실해 왔지. 사파이어처럼 빛나던 피부는 윤기가 사라져버렸지.

통이 친구야, 네 말 들으니까 어떤 소녀가 생각나. 느티나무 잎들이 노르스름해져서 길바닥에 눕는 가을밤이었어. 책가방을 등에 맨 소녀는 신발을 질질 끌다시피 하며 내 앞에 와 서는 거야.

"소녀야, 무슨 근심이 있니?" 하고 내가 물었어.

"우리 엄마가 나와 살다가 나를 할머니 집에 맡기고 외국으로 살러 갔어. 할머니가 아무리 잘해 주어도 엄마 생각에 하루 종일 아무것도 손에 잡히지 않아."

"아빠는 어디 갔어?"

"울 아빠는 하늘나라로 갔어."

"세상에. 아빠 잃고 엄마와도 헤어져서 너는 정말 외롭고 슬프겠다."

나는 소녀의 머리카락을 파란 손으로 쓰다듬으며 힘내

라고 말했어.

"힘내라, 소녀야. 엄마가 다시 너를 만나러 올 거야."

"정말 올까? 할머니도 그렇게 말했어. 하지만 지금은 너무 가슴이 찢어지는 것 같아."

"그래, 네 할머니 말이 맞아. 네 엄마는 너를 절대 잊지 못할 거야. 너를 찾아 올 때까지 힘내자."

소녀는 눈물을 닦으며 내게 희미하게 미소 지었어. 내가 밤길을 눈에 불을 켜고 지켜보는 이유 중에 그런 소녀에게 친구가 되어주는 일도 포함되거든.

등이 친구야, 너는 진정한 등불이야. 네가 비록 피부는 바래져가도 너는 지치지 않는 모습으로 늠름하게 길을 지키는 벗이야.

통이 친구야, 격려해줘서 고마워. 너랑 대화를 나누니 다시 힘이 나. 통이야, 네가 비록 녹슬어가도 너의 눈빛만은 영롱하게 빛나.

어둡고 쓸쓸한 늦은 밤, 녹슨 이 통이를 돌보는 파란 등이 친구야, 고마워. 네 파란 얼굴이 빛나는 덕분에 밤이 무섭지 않고 더 이상 슬프지도 않을 것 같아.

통이 친구야, 네가 얼마나 열심히 일하는지 지켜보았지. 너는 구역질도 참아가며 일을 잘도 해내더구나. 어떤 날 저녁에는 어디서 화가 나서 왔는지 어떤 행인이 씩씩대면서 걷다가 네게 분풀이로 구두 발길질하는 장면을 문득 보았어. 너는 얼굴을 찡그렸지만 입술을 깨물고 견디더라. 단정한 사내가 입 닦은 휴지를 정확히 넣는 모습은 보기에도 좋더라. 통이 너도 기분이 좋아서 빙긋이 웃던데.

등이 친구야, 너는 눈썰미가 대단해. 기억력도 좋구나.

통이야, 네가 매우 자랑스러워. 오랜 세월을 꿋꿋하게 일해 줘서, 세상이 깔끔하고 오염이 덜 되었잖아. 통이 너는 비록 녹슬었지만 그 녹은 네가 오랜 세월을 잘 버티어 일해 준 표시이기도 해. 성실히 지내온 상징물이야.

등이야, 너 같이 좋은 친구가 있어서 내가 잘 지내왔어. 등이 친구야, 고마워. 이제 별이 지고 곧 새벽이 올 거야. 등이야, 너 졸음이 오지? 이제 좀 쉬렴.

항아리 속에 숨은 달

친구와 의왕시 왕송호수 주변을 걸었다. 산책길 옆에는 누렇게 말라버린 연잎과 줄기가 누운 벌판이 이어졌다. 한참 걸으니 다른 풍경이 펼쳐졌다. 이제 막 피기 시작한 작은 연꽃 몇몇이 봉오리를 펼치려고 물 밖으로 고개를 내밀고 있었다. 더러는 활짝 피어 시월의 차가운 공기를 헤치고 은은하게 향기를 전하려는 듯 고운 자태로 한껏 피어나고 있었다. 아침에는 날씨가 차가웠지만 낮에는 햇볕이 강해서 기온차가 심한 날씨였다. 꽃들도 아직은 제가 자랄 수 있다는 것을 보여주는 듯했다. 얕은 연못에는 수풀을 비껴가며 청둥오리 몇 마리가 헤엄을 치며 가을햇볕을 즐기고 있었다. 청록빛 날개가 햇살에 반짝였다. 바닥이 드러난 얕은 늪지에는 백로들이 흰 날개를 저으며 날거나 종종거리며 저들끼리 거닐었다. 사진을 찍으려고 지켜보다가 한 마리가 하얗게 날아오르면 카메라로 찍었다. 솜씨는 그다지 좋은 편은 아니지만 사진은 그런대로 볼만했다. 넓은 호수 주변을 걷다가 호숫가 키 큰 나무를 올려다보니 물들기 시작한 나무들 사이로 오늘따라 유난히 하늘이 파랬다. 잔가지들 사이로 기러기 떼가 줄지어 날아가는 게 보였다. 한참을 걸으니 배추와 무가 자라는 채소밭을 만났다. 배춧잎마다 온통 벌레 파먹은 구멍투성이였다. 아마도 약을 치지 않고 자연그대로 키우는 모양이었다. 밭 한쪽에는 무가 자라고 있었다. 시퍼런 무청이 자라다가 제 무게에 못 이겨 흙에 잎이 늘어져 있기도 했다. 무청 아래로 무가 자라느라 쑥 흙 밖으로 흰 모습을 드러내고 있었다. 무를 보는 순간 무청과 무와 흙밭이 나를 어린 시절 시골집으로 데려갔다.

어릴 때 어머니는 내게 무 심부름을 자주 시켰다. 집 근처 밭에 가서 무를 한 개 뽑아오라고 시키면, 나는 겨우 잠에서 깨어나 졸린 눈을 비비고 집을 나섰다. 이슬에 젖은 키 작은 풀잎을 헤치고 무밭으로 부지런히 가다보면, 신발과 바짓가랑이는 이슬에 금방 젖어 들었다. 무 밭은 여덟 살짜리 어린 나에게는 한참 걸리는 거리에 있었다. 작은 도랑을 건너 산기슭에 자리 잡은 밭에 도착하면 풀

냄새와 찬 아침 공기로 코 안이 싸한 느낌을 받았다. 무 줄기를 두 손으로 움켜쥐고 힘껏 뽑아 올렸다. 흙을 좀 털고 나면 하얀 무가 드러났다. 어머니는 쌀밥에 무를 썰어서 무밥을 해주시곤 했다. 무맛이 배인 밥은 달았다. 무국보다는 나는 무밥이 먹기 좋았다. 무밭에 가던 어떤 날엔 길가에 뱀이 지나갈 때도 있었다. 뱀이 다 지나가기를 기다렸다가 뱀이 나를 따라올까 봐 지그재그로 신경 써서 재빨리 걸었다. 지그재그로 걸으면 일자로 생긴 뱀이 발자국을 재빨리 따라오지 못한다고 동네 같이 놀던 언니가 말해주었기 때문이었다. 그 후로 풀이 무성한 길을 걸을 때는 뱀을 실수로 건드릴까 봐 눈을 크게 뜨고 조심해서 걷곤 했다.

무밭 다녀오는 심부름은 힘들기보다는 그런 무서운 생각들 때문에 망설여지곤 했지만, 무 임무는 내게서 멀어지지 않았다. 어머니는 무를 넣은 생선조림도 가끔 만들어 주었다. 생선조림에 든 무맛은 평생 내 입맛이 되었다. 어른이 되어서 내가 생선조림을 만들면 무를 먼저 먹으며 어머니 생각을 하니까 말이다. 무밭으로 가던 길에서 만난 뱀의 붉은 빛이 섞인 등줄기까지 기억나는 것이다. 기억 속의 광경은 무섭지 않고 아련하게 다가온다.

가을이 끝날 무렵이면, 어머니는 무를 모두 뽑아서 무

잎을 잘라냈다. 무청은 새끼줄로 엮어서 처마 밑 그늘에 걸어 말렸다. 시래기는 겨울 내내 식구들 국이나 반찬거리로 쓰였다. 아버지는 뒷마당 한쪽에 땅을 파고 구덩이를 만들었다. 거기에 겨울 동안 먹을 무를 가득 채우고 가마니와 짚으로 잘 덮었다. 나중에 추워지면 무를 꺼낼 수 있도록 무 더미 한쪽에 작은 입구도 만들었다. 어머니는 한겨울 동안 무가 필요할 때마다 팔뚝을 걷고 깊숙이 묻힌 무를 꺼냈다. 그때마다 흙이 팔에 잔뜩 묻었다. 어머니는 가끔 구덩이에 든 무를 꺼내 우리에게 깎아 주었는데 시원한 무맛이 입안을 가득 메우던 기억이 난다.

무 하면 겨울에는 동치미가 으뜸이다. 고구마를 쪄서 동치미와 먹으면 세상에 그 무엇도 부럽지 않을 정도였다. 떡을 먹을 때도 동치미 한 사발이면 목을 축여가며 맛있게 먹을 수 있었다. 어머니는 커다란 항아리에다 동치미를 담아서 뒷마당 한구석에 묻어놓았다. 동치미가 땅속에서 익어갈 동안 어머니는 시래기 된장국을 자주 끓였다.

사회 초년병 시절이었다. 평소에 운동을 즐기던 터라 막상 일하게 되니 운동할 시간이 별로 없었다. 그래서 생각해낸 것이 아침마다 달리기 하는 것이었다. 아침에 한 시간 더 일찍 일어나 부석 읍내에서 부석사까지 매일 아침마다 달렸다. 처음에는 힘들다는 느낌이 들었는데 한 달, 두 달 하다 보니 습관이 되어서 아침 상쾌한 공기를 마시며 뛰는 일이 즐겁기까지 하였다. 몸이 단단해지고 마음까지 단단해지는 느낌이 들어서 기분이 좋아졌다. 석 달쯤이 지났을까. 문득 종아리를 보니 종아리가 돌처럼 단단해지고 눈에 띄게 굵어졌다.

어느 날, 친구가 "뭔 아가씨 다리가 남자 다리 같아."라고 걱정을 했다. 내가 봐도 종아리 부분이 너무 근육질로 변하고 있다는 생각이 들었다. 살결이 햇살에 많이 그을려 보여서 근육이 더 도드라져보였다. 계속했다가는 더 심해질 것이라고 친구가 겁을 주었다. 곰곰이 며칠 생각하다가 일단 아침 달리기는 멈추었다. 하지만 보기에는 덜 미끈해 보여도 난 무 다리가 좋았다.

둘레길을 걷다보니 배가 고파왔다. 친구와 식당으로 들어갔다. 한참을 걸은 후라서 그런지 맛깔스럽게 차려진 음식을 보니 입맛이 당겼다. 작고 둥근 오지항아리에 반달이 떴다. 달을 입 속에 넣어 깨물면 아삭한 맛이 입 속에 가득히 퍼졌다. 아주머니는 동치미를 한 번 더 내다 주었다.

겨울 밤, 달빛이 깊다
항아리엔 조각난 달들이 둥둥 떠 있다
달처럼 환한 동치미 한 사발

아삭아삭 씹히는 겨울밤 이야기
어스름한 달도 목이 마른지
지상에 내려와 국물 마시고 간다
아삭아삭 동치미 무를 씹으며 간다
신산한 지난날이 개운하게 익을 때까지
제 풀에 지쳐 물러지지 말라고
소금은 짠 힘으로 혼을 불어넣었으며
바람은 시련의 시간을 달래어 주었다
항아리에 숨어든 달이 맛있게 익어가도록
서리는 서늘한 품에 한 계절
항아리를 고이 품어주었다

〈동치미〉 전문, 권순자

동치미를 먹으며 어머니와 무밭을 추억하였다. 시원하고 맛있는 무맛이 가슴을 뭉클하게 적셔주었다.

까마귀는 그저 지저귈 뿐이다

집 주변을 걷는데 나뭇가지 끝에서 까마귀가 까악까악 울더니 휘익 날아간다. 까마귀가 울면 전에는 혹시 주변에 누가 무슨 안 좋은 일이라도 있나 하고 걱정하며 하늘을 바라보곤 했다.

내가 잠시 거주하던 미국 오레곤 주 유진에는 까마귀가 많았다. 우리 집은 넓은 공원 근처에 자리 잡고 있었다. 사실 오레곤 주 전체가 수목이 우거진 곳이고 산림이 울창해서 어디를 가나 숲을 쉽게 볼 수 있는 곳이기도 하였다. 그래서 유진은 도시 전체가 하나의 잘 정돈된 쾌적한 공원으로 불렸다.

이층집 창문으로 밖을 내다보면 넓은 천연 잔디구장이

보이고 둘레에는 키 큰 나무들이 에워싸고 있었다. 잔디 공원이 워낙 넓어서 축구장 세 개, 야구장 두 개가 조성되어 있었다. 동쪽 편에 육상 경기 트랙 하나 있고 그 안에 축구 골대 있어 축구장 하나 넓이이고, 북쪽에 축구장 하나, 서쪽에 축구장 하나, 그 가운데 야구장 두개가 마주보고 있었다. 야구장은 모두 학생이나 일반인들이 사용하는 수준이었다. 이곳 주변은 수풀이 우거져 있고 그 밖은 주택들이 둘러서 있어서 평화롭고 아늑해보였다.

처음에 이곳에 왔을 때 까마귀가 날마다 울어 까마귀 소리를 들을 때마다 가슴 한쪽이 무거워지곤 했다. 왜냐하면 한국에서는 까마귀 울음소리를 별로 반기지 않는 어른들의 태도에 내가 학습되어왔기 때문이었다. 까마귀 울면 안 좋은 일이 생긴다는 속설을 내가 자라면서 들어왔다.

그런데 유진에 사는 사람들은 까마귀나 까마귀 소리에 별로 신경 쓰지 않고 참새가 짹짹 거리는 정도로 여기고 함께 살고 있음을 점차 알게 되었다. 까마귀가 우는 것인지 노래하는 것인지 모르겠지만 까마귀들끼리 대화하는 것만은 분명했다. 아침에 산책하는데 까마귀 한 마리가 잔디에 내려앉으며 소리 내니까 지붕에 있던 다른 까마귀가 대답 소리를 내며 처음의 까마귀 쪽으로 날아가는 것이었다.

우리나라의 도로주변에 걷는 사람을 피해가며 먹이를

찾는 비둘기를 자주 보았다. 여기는 까마귀들이 흔하고 주택이나 나무 주변을 수시로 날아다녔다. 사람들이 바빠서 찾지 않는 시간인 오전에 드넓은 공원의 나뭇가지 사이로 날아다니거나 공원 내 운동장이나 산책길을 까마귀들이 자주 다녀가곤 하는 것을 여러 차례 목격했다. 한산한 잔디 공원 위를 종종거리며 다니곤 하는 것을 날마다 보면서 우리나라에서 비둘기를 만나듯 자연스럽게 까마귀를 무심히 지나치게 되었다. 어느 정도 시간이 흐르자 까마귀가 울어도 별로 내 기분에 어떤 영향을 미치지 않는 것을 알게 되었다. 그저 '아, 까마귀들이 사람들처럼 뭔가 자기들끼리 재잘대며 대화를 나누고 있나 보구나.' 정도로 여겨지게 되었다.

많은 까마귀들을 자주 접하고 주변에 흔하게 접하게 되면서 내 신경도 무디어져갔다. 머리에 박혀 있던 까마귀에 대한 안 좋은 인식이 서서히 지워지고 희미해졌다. 그래서 까마귀에 대한 태도도 점점 달라지고 있었다. 결국 경험을 통해 뿌리 깊은 잘못된 생각도 바뀌게 되어 일상생활이 맘 편해졌다.

이웃집 나이 든 아주머니는 까마귀가 짖는 것을 보고 침을 뱉었다.

"아주머니, 까마귀는 그저 저들끼리 지저귀는 거예요."

웃으며 말하자,

"까마귀 울면 재수 없어."라고 하면서 한 번 더 침을 뱉었다.

"제가 까마귀 많이 살던 곳에서 지내다 왔는데 까마귀가 시시때때 울어댔어요. 그때 까마귀 울음에 적응되었어요. 아무런 일 없더라구요."

"그래요? 그럴 수도 있군요."

아주머니는 고개를 조금은 끄덕이는 척 했지만 얼굴은 반신반의하는 표정이었다.

오래 전 시골에서 살 때였다. 이웃집 아주머니는 까마귀가 울면 정화수를 떠놓고 정성껏 빌곤 했다. 그저 모두 무사하고 무탈하기를 빈다고 했다. 까마귀가 싫고 까마귀가 울면 좋지 않은 일이 생기곤 했다고 말했다. 그녀는 그것을 마음 깊이 새겨두고 있어서 까마귀 울음에 대해 신경을 몹시 쓰는 눈치를 보였다. 너무 까마귀 울음에 의존하는 게 아닌가 할 정도로 나는 그녀가 때로는 염려스럽기도 했다. 하지만 그녀뿐만 아니라 어른들에게 전해 들어서 지인들이나 나도 가끔씩은 까마귀가 울면 마음 한 구석이 불편해지곤 했다.

마음깊이 믿으면 거기에 지배를 당하기 쉽다. 까마귀

입장에서 몇 번 생각하다 보면 까마귀 소리에도 조금은 마음이 덜 쓰일 날이 올지도 모른다. 연약한 신체에는 하찮은 눈에 보이지도 않는 병균이 쉽게 자리 잡는다. 연약한 마음에도 마찬가지일 것이다. 신경 줄이 굵거나 냉철한 사람은 쉽게 마음이 흔들리지 않듯이 말이다. 마음에도 근육을 키워갈 필요가 있다.

까마귀 소리에 신경 쓰게 되면 불안해하고 미심쩍어하는 일이 생길 때 까마귀 소리를 듣고 더 불안해지고 더 미심쩍어지는 심리가 적극 발동한다. 기정사실화된 이런 편견은 까마귀 지저귀는 소리를 통해서 그 상황에 더욱 믿음이 가게 불안한 심리를 자극하는 것이다. 그리하여 그 편견은 불안해지는 심리에 공고히 자리 잡게 되는 것이다.

오토바이 타는 여자

당차던 수정이라는 친구가 생각난다. 수정이에게는 나에게 없는 점이 있었다. 그녀는 오토바이를 탈 줄 알았고 자기 세계가 뚜렷하였다. 나도 몇 번을 오토바이 타는 법을 시도했으나 아직 제대로 타지 못한다. 오빠나 아버지에게 배우려고 해보았으나 아직까지도 해내지 못하고 있다. 그때 수정이처럼 거침없이 해내지 못하고 이렇게 살아가고 있다. 가끔씩 내 자신이 위축된다거나 일이 뜻대로 잘 되지 않을 때 그 친구가 생각이 난다. 내 안에 없는 것이 그 친구 안에는 있어서 그 친구를 좋아했다.

수정이는 오토바이 마니아였다.

"내가 체중이 모자라서 고속도로 진입이 가능한 큰 오토바이를 탈 수 없어요. 고속도로를 달려보는 게 나의 꿈인데."

그녀를 처음 만나던 날을 아직도 기억한다. 봄꽃이 다투며 피던 4월 어느 날이었다. 키가 작고 몸집이 아담한 여자는 짧지만 다소 웨이브가 있는 단발머리를 나부끼며 사무실로 들어왔다. 큰 눈이 얼마나 맑은지 흰자위가 파르스름해 보였다. 어린아이같이 맑고 상큼한 그녀의 눈은 호수처럼 깊고 푸르게 느껴졌다. 서늘한 느낌마저 들었다. 너무 서늘하여 그 눈을 오래 바라볼 수가 없을 정도였다. 피부는 백자처럼 하얀 피부 이야기만 들었지 정말이지 맑고 하얀 피부를 지닌 사람을 그때 처음 보았다. 그녀는 노란 꽃들이 피어나는 봄날에 다른 여느 여자들이 입은 것처럼 하늘거리는 옷을 입지 않았다. 일자 검정바지에 검정 재킷을 입고 안에 셔츠를 입었다. 신발은 검정 단화를 신었다. 나는 뾰족구두를 신고 블라우스와 치마를 입고 봄철을 만끽하던 시절이었다. 나의 옷차림과 참으로 대비가 되는 그녀의 옷차림이었다. 그녀의 여리여리해 보이는 외모 때문에 그녀를 본 순간 나의 모성본능이 일어날 정도였다. 나는 선배로 그녀를 챙겨주고자 마음을 먹었다.

어느 날 업무가 거의 끝나가던 오후 시간이었다. 우락부락한 동네 청년꾸러기 몇몇이 허락 없이 사무실 근처를 어슬렁거리는 모습이 유리창으로 보였다. 나는 주임이나 남자직원을 불러야겠다고 생각하는데 그녀가 벌떡 일어나더니 앞장서서 걸어 나갔다.

"수정 씨, 주임에게 연락해야 하지 않을까요?"

나는 불안하고 걱정스러워 그녀를 따라나서며 말렸다.

"내가 나서 볼게요."

"어머, 다치면 어쩌려고 그래요!"

그녀는 나의 말은 아랑곳 하지 않고 상큼하면서도 소리 없는 미소를 내게 지어 보인 뒤 문제의 현관 쪽으로 나아갔다. 출입문 밖으로 나가서 그녀는 입구에 턱 버티고 서더니 양 손을 허리춤에 올렸다. 키 큰 남자애들은 '이건 또 뭐냐.' 하는 식으로 실실 웃음을 흘렸다. 나는 마음이 조마조마해서 남자직원에게 뛰어갈 태세로 엉거주춤 수정이 옆에 서 있었다. 그런 상태로 나도 나름대로의 반격할 준비를 해야 했다. 그런데 놀라운 일이 벌어졌다. 그녀가 한 일은 허리춤에 양손을 찌른 채 한마디 지른 것뿐이었다. 그것은 일종의 고함 같기도 하고 기합 같기도 했다. 신기하게도 불량기 흐르던 남자애들이 슬금슬금 뒷걸음질치며 사라지는 것이었다. 그때 나는 수정의 빛나는 눈을 보았다. 그 눈빛이 너무나 강렬해서 감히 마주 쳐다보기 힘든 그런 눈빛이었다. 마치 두 눈에서 불이 흐르는 듯한 느낌이었다.

그일 이후 나는 그녀를 다른 시각으로 바라보게 되었다. 그녀는 별로 말이 없고 먼저 말을 거는 법도 없었다. 언제나 다소곳한 표정으로 생각에 잠긴 얼굴을 보였다. 겨드랑이에는 커다란 노트를 낀 채 사색적인 모습에 잠긴 얼굴이 자주 눈에 들어왔다. 말없는 그녀의 세계가 궁금했다. 하지만 그녀는 별로 입을 열지 않았기 때문에 그녀가 어떤 사람인지 알아내는 데는 그다지 진전이 없었다. 그녀는 좀처럼 자신의 마음을 열어 보이려 하지 않았다. 주위 사람들은 그녀를 향해 열어두었던 마음의 문을 조금씩 닫고 있었다. 이해하기보다 억측하는 쪽으로 흘러가고 그녀를 대화의 내용에서 서서히 제외시켜갔다.

나는 호기심이 줄지 않고 더 강해졌다. 그녀가 퇴근할 때 함께 나서면 나직하게 조금씩 자기 이야기를 흘렸다. 자신은 선식을 하고 있으며 건강에 매우 도움이 된다면서 내게도 권했다. 하지만 나는 밥과 국 또는 밥과 찌개를 세트로 먹어온 토종시골 사람이라 선식이야기는 생소하면서도 식사 같지 않아 불만스러워 고개만 갸웃하고 말았다.

좀 더 친밀해지자 지인들끼리 진행하는 가까운 산에 등산하자는 제안에 자기도 따라 가겠다고 했다. 나는 이참에 그녀를 좀 더 세밀히 볼 수 있을 것 같아 기대가 되었다. 그 산은 1,000미터가 채 안 되는 산이었지만 제법 경사가 심한 곳도 있었다. 나도 한 때 산을 오르내리고 하는 일에는 자신이 있었다. 야산이 둘러쳐진 시골에서 자라서 산을 다니는 일이 일상이었기 때문이었다. 그런데 수정을 따라잡는 일은 쉽지 않았다. 비탈진 산길을 걸어가는 발걸음이 마치 평지를 걷듯이 가볍고 속도감이 한결같았다.

'나도 산길 오르는 일은 둘째가라면 서러운데, 수정이는 정말 날아가는 듯이 가네.'

평지를 걷듯이 편한 걸음으로 빠르고 거뜬하게 올라가는 모습을 보고 나는 놀라움과 부러움을 동시에 느꼈다. 수정은 내가 헉헉거리는 모습을 보더니 웃음을 머금은 채 낮은 목소리로 설명을 해주었다.

"저는 한 때 산에서 잠시 수도생활을 했어요. 몸 단련도 많이 했어요. 합기도 등 여러 가지 호신술 배웠는데 합쳐서 단이 높아요."

"아, 그래서 나는 듯이 잘도 걸어갔군요."

나는 산행이 끝날 즈음에는 지쳐서 힘들었지만 그녀는 피곤한 기색 없이 여전히 생생하였다.

그 후로도 그녀는 치마를 입는 법이 없었다.

"왜 치마를 입지 않나요?"

"다리에 상처가 너무 많아서 치마를 입지 않아요. 오토바이를 즐겨 탔어요. 지금도 시간 날 때 가끔씩 오토바이를 타요. 처음에 배울 때 하도 많이 넘어져서 다리에 상처가 심하게 여러 군데 생기고 말았어요."

그녀의 옷차림은 언제나 검정색 계통 아니면 회색 계통이 전부였다. 까만 정장에 단발머리의 그녀 모습은 어디서 그녀를 만나든 금방 알아볼 수 있는 차림이었다. 그녀가 검정색 윗도리와 바지를 벗어버렸을 때는 찬란하던 봄이 끝난 줄을 알게 되었고 회색 반팔 정장으로 바꾼 그녀의 모습에서 나는 여름의 한 자락에 이미 끼어들었음을 알게 되었다. 한결같은 그녀의 모습은 묘한 위엄을 자아냈다.

건널목을 건너려고 횡단보도 앞에서 신호를 기다리고 있을 때, 날렵하게 지나가는 멋진 오토바이를 본다. 그럴 때마다 당당하게 오토바이를 타고 가는 수정이 얼굴이 오버랩 된다. 주눅 들지 않고 어깨를 쭉 편 채 앞을 바라보는 강렬한 그녀의 눈빛이 기억난다. 나도 슬며시 어깨를 펴고 눈에 힘을 주어본다.

권순자 수필집

사랑해요 고등어 씨

초판 발행 _ 2019년 11월 30일
지은이 _ 권순자
삽화 _ 권미나
펴낸이 _ 안혜숙
편집 디자인 _ 임정호

펴낸곳 _ 문학의식
등록 _ 1992년 8월 8일
등록번호 _ 785-03-01116
주소 _ 우편번호 23047 인천시 강화군 불은면 불은남로 341(오두리 360)
우편번호 04555 서울 중구 수표로6길 25 501호(서울 사무소)
전화 _ 02.582.3696
이메일 _ hwaseo582@hanmail.net

값 13,000 원
ISBN 979119012088